Contemporánea

James Augustine Joyce nace el 2 de febrero de 1882 en Rathjar, un suburbio de Dublín. Cursa los estudios secundarios en el internado de los jesuitas, experiencia que dejará una huella indeleble en su obra literaria. Posteriormente ingresa en la facultad de Filosofía del University College de Dublín, que abandona en 1902 para trasladarse a París. Tras regresar a Dublín para asistir a la muerte de su madre, en 1904 vuelve definitivamente al continente, acompañado por Nora Barnacle, con quien contraerá matrimonio en 1931. Hasta su muerte, en Zúrich, el 13 de enero de 1941, reside sucesivamente en Roma, Trieste y París, dando clases de inglés y dedicado a la creación de su obra, que consta de dos libros de poemas, *Chamber Music* (1904) y *Pomes Penyeach* (1927), el drama *Exiliados* (1918), un libro de relatos, *Dublineses* (1914), y las novelas *Retrato del artista adolescente* (1916), *Ulises* (1922) y *Finnegans Wake* (1939).

James Joyce
Exiliados

Edición de
Martín Schifino

Traducción de
Ismael Belda

DEBOLS!LLO

Papel certificado por el Forest Stewardship Council®

Título original: *Exiles*

Primera edición: abril de 2026

© 2026, Penguin Random House Grupo Editorial, S. A. U.
Travessera de Gràcia, 47-49. 08021 Barcelona
© 2026, Martín Schifino, por la edición y la introducción
© 2026, Ismael Belda, por la traducción de *Exiliados*
y de las notas del autor a *Exiliados*
© 2026, Martín Schifino, por la traducción de la carta de James Joyce a Henrik Ibsen
© Andrés Bosch, por la traducción de «Drama y vida» y de «El nuevo drama de Ibsen»
Diseño de la cubierta: Penguin Random House Grupo Editorial / Marta Pardina
Imagen de la cubierta: © Eunho Lee
Fotografía del autor: © GBB / GRAZIANERI

Printed in Spain – Impreso en España

ISBN: 978-84-663-7816-1
Depósito legal: B-2.544-2026

Compuesto en M. I. Maquetación, S. L.

Impreso en Black Print CPI Ibérica
Sant Andreu de la Barca (Barcelona)

P 3 7 8 1 6 1

Índice

Introducción 9

Nota sobre esta edición 21

Exiliados 23

Apéndices 137

Índice de contenidos 205

Introducción

James Joyce y el teatro

A Paula Ducay

1

Antes de convertirse en el novelista irlandés más celebrado del siglo XX, renovador de las formas narrativas y cartógrafo de Dublín, James Joyce mantuvo una apasionada relación con el teatro. Se sabe que en su adolescencia asistía a funciones en su ciudad, y de sus años de estudiante universitario se conserva su conferencia «Drama y vida», una encendida defensa del género dramático pronunciada en 1900 en el University College. En ella se subraya la necesidad de un teatro realista, atento a los universales humanos y alejado de un «mundo fantasioso», siguiendo el ejemplo de Henrik Ibsen. Y un manifiesto similar aparece en la elogiosa reseña que publicó Joyce, con solo diecinueve años, de la última obra del dramaturgo, *Cuando los muertos despertamos*. Es evidente que ya entonces sus planes excedían el homenaje. Como si quedaran dudas, en una carta enviada a Ibsen al año siguiente con motivo de su cumpleaños, Joyce deja entrever su intención de seguirlo

—y quizá superarlo— en la «firme resolución de arrebatarle el secreto a la vida».*

Puede parecer sorprendente que no se iniciara a continuación en la escritura dramática, pero hay constancia de que hizo al menos un intento. Según el testimonio de su hermano Stanislaus, en el mismo año de su conferencia escribió una pieza en cuatro actos titulada *A Brilliant Career*, un «drama realista» con elementos «tomados inconscientemente» de otras de Ibsen. Joyce la consideró lo bastante importante como para enviársela a William Archer, uno de los críticos más influyentes de la época, aunque, cuando recibió una respuesta poco entusiasta, aclaró que él mismo tenía una opinión incluso peor de la pieza. Según Stanislaus, acabó quemándola. Entretanto, crecieron sus reticencias en cuanto al nuevo teatro que se estaba gestando en Irlanda. Desde 1899 prestaba mucha atención a la flamante compañía Irish Literary Theatre, liderada por el poeta William Butler Yeats y la dramaturga Lady Gregory, pero el repertorio no siempre satisfacía su espíritu cosmopolita y modernizador. En 1901, al ver que se enfocaba en la lengua y los mitos autóctonos, respondió con un artículo en el que afirmaba, entre cosas no mucho más amables, que ese teatro se había convertido en «propiedad del populacho de la raza más atrasada de Europa». Cuando la compañía, rebautizada Abbey Theatre por su nueva sede, se refundó en 1904 con la expresa misión de promover un drama de raíces nacionales y folclóricas, Joyce solo pudo darle la espalda.

El año de 1904, en el que no por casualidad se ambienta *Ulises*, fue muy importante para Joyce por otros motivos: conoció a quien sería su compañera sentimental el resto de su

---

* Véanse los apéndices de este volumen para los textos de «Drama y vida», la reseña de *Cuando los muertos despertamos* y la carta a Ibsen.

vida, Nora Barnacle, y al poco tiempo la pareja se marchó al continente, donde recaló en varias ciudades antes de asentarse en Trieste. Tal vez porque no eran circunstancias afines a las necesidades prácticas de la escena, Joyce se centró en la poesía y la narrativa, aunque sin duda el drama siguió interpelándolo como género literario, repositorio de arquetipos y reflejo de la sociedad. En los cuentos que escribió en los años posteriores y que acabaron conformando *Dublineses* (1914) abundan las referencias al mundo del espectáculo de Dublín; y en la novela *Retrato del artista adolescente* (1916) hallamos un capítulo entero dedicado al montaje de una obra, así como una larga disquisición, muy acorde con lo expuesto en «Drama y vida», en la que se identifica el género dramático con la forma literaria más pura y objetiva, donde la identidad del artista «se refina hasta que desaparece, se vuelve impersonal».

También en su vida privada y en sus actividades profesionales, Joyce siguió relacionándose con el mundillo de los escenarios y de la actuación. En Trieste, era un asiduo espectador teatral, conocedor de actores y directores, y en 1909 convenció a unos inversores triestinos de que en Irlanda se abría una oportunidad de oro con el nuevo arte del cinematógrafo. Fue Joyce, en efecto, quien llevó el cine a Dublín. Tras obtener los fondos necesarios, partió como enviado a su ciudad a fin de tramitar los permisos requeridos, contratar personal y alquilar una sala. Así el Volta Cinema, como se llamó el espacio, abrió sus puertas en diciembre de ese año, dedicado en su mayor parte a las películas mudas, aunque también (el toque joyceano) a producciones de piezas europeas experimentales. El público no secundó tanto modernismo. Y pocos meses más tarde, a falta de toda habilidad de su fundador en materia empresarial, el Volta se vio obligado a echar el cierre. Pero la intención no deja de ser reveladora: el escritor joven seguía saliendo al encuentro del arte escénico, aun con planes bastante peregrinos, como animado por la convicción entre clásica y vanguardista de que un artista podía conectar en ese ámbito con la sociedad.

Todo lo anterior constituye el trasfondo, muy resumido, de una deuda con el género dramático que vino a saldar *Exiliados*, la única pieza teatral que se conserva de Joyce y la única que se empeñó en publicar y llevar a las tablas en su momento. La composición empezó en 1914, cuando el autor contaba en su haber con un libro de poemas, otro de relatos y la novela *Retrato del artista adolescente*; y se extendió cerca de dos años, solapándose en buena medida con los primeros capítulos de *Ulises*. Todo ocurre muy rápido en el desarrollo de Joyce, que quema una etapa tras otra y que en esta obra hace gala de una notable madurez intelectual, aun cuando la escribió con poco más de treinta años. Pero no en vano las fechas de la redacción coinciden con el comienzo de la Primera Guerra Mundial. Y las dificultades materiales se hicieron sentir. Al residir en Trieste, una ciudad por entonces bajo dominio austrohúngaro, él y su familia, que solo poseían pasaportes británicos (Irlanda aún no existía como Estado), se encontraron de pronto en territorio enemigo, y se las vieron negras para obtener un salvoconducto que les permitiera escapar a Zúrich, donde pasarían el resto del conflicto. Como *Ulises*, un libro que consigna en su colofón «Trieste-Zúrich-París», el manuscrito de *Exiliados* cruzó fronteras hasta completarse en Zúrich.

Expatriado por partida doble, Joyce plasmó la pieza en medio de la «pesadilla de la historia», por retomar una famosa frase de *Ulises*. Y la historia no es ajena al drama, aunque este se aleje de los sucesos inmediatamente contemporáneos a su composición. La acción transcurre en Dublín en 1912, el año de la última visita de Joyce al país, durante lo que se conoce como la crisis del Home Rule, un movimiento orientado a obtener la autonomía de Irlanda en el Reino Unido. Fue en ese año cuando se aprobó un proyecto de ley de autogobierno, pero su entrada en vigor debió posponerse por la amenaza y el comienzo de la guerra, lo que llevó a la radicalización de los actores políticos, así como a enfrentamientos identitarios. Al reconsiderar ese momento histórico con conocimiento del futuro, Joyce permite a sus personajes soñar con una Irlanda independiente no solo posible, sino afín a ideales internacionalistas y abiertos. Nótese que uno de ellos dice: «Si Irlanda ha de convertirse en una nueva Irlanda, primero debe hacerse europea». Mientras tanto, los personajes se mueven en un país sectarista, polarizado en lo ideológico y en lo religioso, donde, al parecer, nadie se siente como en casa. Casi seguro a esto se refería Joyce al insistir en que el tema clave de la obra era el anunciado en su título: el exilio sería no solo condición de los que marchan, sino de todos los irlandeses.

Por lo demás, la trama se ciñe al ámbito doméstico, con un esquema casi operístico de cuatro personajes con intereses divergentes, que no pueden conducir a un desenlace satisfactorio para todos. Richard Rowan, escritor irlandés de unos treinta años, vuelve a su país tras nueve en Italia, acompañado por su compañera Bertha y el hijo de ambos. En Dublín, la pareja se reencuentra con Robert Hand, un amigo de juventud, y con Beatrice Justice, una antigua confidente de Richard que le ha servido de inspiración. Esos hilos bastan para tejer una compleja red de engaños: Robert intenta seducir a Bertha, y Richard vuelve a interesarse en Beatrice, sin dejar de vigilar las acciones de Bertha y Robert. Los dos potenciales triángulos amorosos permiten explorar ideas vinculadas a la libertad individual y al deseo de posesión, al amor abierto y a los celos que lo amenazan, y hay subtemas de aún mayor hondura psicológica, como la imposibilidad de conocer al otro, aun en el seno de una sociedad cerrada o incluso del matrimonio. «Es difícil conocer a nadie excepto a uno mismo», dice Beatrice en el primer acto; en el último, Richard admite que nunca podrá saber qué ha ocurrido entre Bertha y Robert, por mucho que ella se lo cuente.

Como en casi todas las obras de Joyce, la imaginación se nutre de un fértil sustrato autobiográfico. Richard es un claro trasunto del autor, y su vínculo con Bertha evoca el de Joyce y Barnacle, una unión marcada por la complicidad, pero también por la obsesión y la dependencia. La lectura biográfica puede apoyarse en un episodio bien documentado. En su primer viaje a Irlanda de 1909, Joyce se encontró no solo con su viejo compañero de correrías Oliver St. John Gogarty, uno de los modelos de Robert, sino con un antiguo conocido y rival, Vincent Cosgrave, que lo provocó con una afirmación escabrosa: cinco años antes, cuando Joyce empezaba a tratar a Barnacle, Cosgrave había tenido con ella escarceos sexuales. Joyce reaccionó con una crisis de celos retrospectivos que lo llevó a acusar a su mujer de infidelidad por escrito. Más tarde, al razonar que Cosgrave casi seguro le había mentido, envió a Trieste una seguidilla de cartas de arrepentimiento en las que se humillaba hasta la abyección pidiendo disculpas, hacía renovadas declaraciones de amor y se despachaba con los pasajes pornográficos que solían aderezar las misivas a su compañera. En *Exiliados* no se exploran estos registros (habría sido irrepresentable), pero la ternura, la sospecha y el deseo subtienden muchos diálogos entre Richard y Bertha. La obra puede considerarse, pues, no tanto una autobiografía sentimental como una sublimación, en el sentido psicoanalítico, del malestar por el que Joyce había pasado unos años antes.

Así como el trasfondo biográfico nunca agota el significado literario, en este caso hay más motivos de interés en el diálogo creativo de Joyce con el héroe de su juventud. No parece casual que, en las notas sobre su pieza que escribió en un cuaderno aparte,* la llame «juego del gato y del ratón», la misma fórmula que había empleado quince años antes para definir *Cuando los muertos despertamos*. Y sin duda existen semejanzas entre ambas, incluidos los triángulos amorosos y la relación entre un creador y su musa. También se han visto paralelismos estructurales con *Espectros* (revelamiento de secretos, infidelidades) o con *El pato salvaje* (regreso del exilio, conflictos amorosos). Pero la impronta de Ibsen cala más hondo en *Exiliados* y hace a la concepción de los personajes y su realidad. Richard y Bertha recuerdan a figuras ibsenianas como Nora Helmer o Hedda Gabler no por acciones puntuales, sino porque aspiran a librarse de cualquier servilismo, exponiendo en el proceso las fallas de una sociedad opresiva. El conflicto psicológico se toca así con la reflexión ética, y buena parte de la trama cuestiona modelos de conducta que se extienden fuera del escenario. No hay que olvidar que Ibsen había abogado en su teatro por la reforma social. Joyce reproduce en *Exiliados* su espíritu contestatario, sin rehuir la amenaza del escándalo.

2

Cuando dio por terminada *Exiliados*, Joyce inició con ayuda de sus contactos una doble carrera por publicarla y llevarla a los escenarios. La primera resultó ser algo más sencilla que la segunda, aunque no se exageraría al decir que ambas fueron carreras de obstáculos. El manuscrito se preparó en Zúrich y se envió al agente del autor, James B. Pinker, en tres sobres (uno por acto) para minimizar los riesgos de que se perdiera, y todos

---

* Véase el primer apéndice de esta edición.

llegaron a Londres en julio de 1915. Sin embargo, como no se cansaba de recordarle Pinker, Joyce era prisionero de un contrato abusivo con el editor de *Dublineses*, Grant Richards, que había incluido una opción para ver antes que nadie la siguiente obra del autor. Richards no estaba seguro de aceptar una pieza de teatro, y las negociaciones se extendieron hasta promediado el 1917, cuando por fin se firmó el contrato de la nueva publicación. Entre medias, Joyce consiguió vender una copia del manuscrito a una editorial de Estados Unidos, pero tuvo que esperar hasta mayo de 1918 para que tanto la edición inglesa como la estadounidense vieran la luz.

Una vez salido de imprenta, el texto cosechó reseñas positivas en *The Times Literary Supplement*, *The New Statesman* y otras publicaciones formadoras de opinión. Aun así, no deja de ser ilustrativo que incluso Ezra Pound, que tanto había defendido *Retrato del artista*, declarase en un artículo de la revista *Drama* que, si bien la pieza le resultaba fascinante, no creía que «ningún director fuese a ponerla en escena o que pudiese tener éxito de ser montada». En ello coincidían, por desgracia para el autor, varios directores y productores a los que se les había hecho llegar, empezando por William Butler Yeats. Pese a sus diferencias en el pasado, Joyce tenía la esperanza de que Yeats la aceptase en el Abbey Theatre, pero el poeta la rechazó argumentando que se alejaba demasiado del drama folclórico al que se dedicaba su teatro. Como Pound, Yeats juzgó que la obra no era «tan buena como *Retrato del artista*»; y, en su carta de rechazo, se permitió darle ánimos a Joyce diciéndole que esperaba «con impaciencia» el siguiente libro de «este tipo» (una novela). Decepcionado, Joyce hizo envíos a teatros de Londres y de Nueva York, aunque siguió acumulando negativas.

También en 1918 fundó con unos pocos socios en Zúrich una compañía dedicada al teatro de habla inglesa, The English

Players, con la aspiración de incluir su pieza en el repertorio; pero ni siquiera en esa empresa de semiaficionados llegó a colocarla. Él mismo arruinó la posibilidad al iniciar un litigio con uno de los actores y verse obligado a abandonar su asociación con todos. Por extraño que parezca, la mejor perspectiva de un montaje surgió en Alemania, casi seguro por recomendación de Stefan Zweig, que había recibido una copia del manuscrito, y Joyce redobló sus esfuerzos para hacerla realidad. Al cabo, *Exiliados* tuvo su estreno en el Kammerspiele de Múnich en 1919, traducida al alemán, con la dirección de Erwin von Busse. No eran circunstancias ideales, y no fueron a mejor. En uno de los habituales embrollos de su vida a salto de mata, Joyce no consiguió la visa necesaria para entrar en la Alemania de posguerra y debió quedarse en Zúrich. Según la versión de la escritora irlandesa Edna O'Brien, que compuso una estupenda biografía breve del autor, tuvo lugar la siguiente escena: «Seis personas, entre ellas Joyce y Nora, se reunieron en el apartamento del actor Arnold Korff, claramente en vilo, a esperar la llamada telefónica de felicitación. No llegó. En su lugar, recibieron un telegrama que presagiaba la crítica atrabiliaria que apareció al día siguiente en la prensa». La obra no solo disgustó al crítico, sino que bajó de cartel tras una función.

Hubo otras producciones reseñables en vida de Joyce, en particular la del Regent Theatre de Londres en 1926, cuyo estreno contó con la presencia del escritor triestino Italo Svevo, enviado para informar del resultado a su amigo. Esta vez, el público reaccionó positivamente, y Svevo pudo transmitir con gusto las buenas noticias. Joyce tal vez halló una satisfacción adicional al enterarse de que George Bernard Shaw, que años antes había rechazado la pieza, acabase defendiéndola en un debate público de las acusaciones de obscenidad que la acosaban. Pero la importancia de una buena acogida había cambiado. Para entonces, Joyce, muy enfermo de la vista, por momentos casi ciego, estaba más alejado de las tablas que nunca, y repartía su tiempo de trabajo entre los procesos legales que había acarreado la publicación de *Ulises* y la noche creciente del *Finnegans Wake*, un libro virtualmente infinito que lo ocupó casi el resto de su vida. Sin el impulso de su autor, *Exiliados* fue quedando relegada al estatuto de obra menor o incluso de curiosidad, rara vez merecedora de un montaje o de unos estudios serios. A grandes rasgos, en ese limbo pasó una generación. Hubo que esperar hasta que la crítica universitaria de los años sesenta volviera la vista sobre el modernismo escénico para que las nuevas dramaturgias redescubrieran su potencial.

El punto de inflexión llegó en 1970, cuando el director y dramaturgo Harold Pinter montó *Exiliados* en el Mermaid Theatre de Londres. De acuerdo con varios testimonios, tanto contemporáneos como retrospectivos, fue una puesta en escena histórica. «Todos los honores para Harold Pinter por levantar el velo y revelar este tesoro», pidió el crítico de *The Sunday Telegraph*. Y la noticia fue lo bastante impactante para cruzar el Atlántico, así como todo el espectro político, y llegar al *Village Voice* de Nueva York, donde David Zane Mairowitz escribió: «Con su producción de *Exiliados*, Harold Pinter ha prestado un gran servicio a una causa perdida y en decadencia». Para Mairowitz, Pinter recuperaba «una de las mejores obras de nuestro tiempo», una afirmación que puede sonar algo exagerada, pero que nos alerta sobre la actualidad de un texto escrito medio siglo antes. Otros críticos de primer nivel, como Martin Esslin o Ronald Bryden, reconocieron las afinidades de la obra con el teatro contemporáneo y, en tonos menos ditirámbicos, su efecto sobrecogedor.

Desde entonces, *Exiliados* se ha visto como precursora del teatro del absurdo y, más en general, de la dramaturgia existencial del siglo xx. Samuel Beckett, discípulo de Joyce en su juventud, seguía admirando la obra en su madurez, y le escribió a Pinter para comentarle: «Eres muy valiente por ocuparte de *Exiliados*. Comprendo tu entusiasmo». También es comprensible el de Beckett. Sin forzar el paralelismo, cabe notar que la soledad, el homoeroticismo y la incomunicación que se exploran en *Exiliados* prefiguran aspectos centrales del universo beckettiano, donde los personajes entablan relaciones de poder similares a las que propone Joyce, aun cuando en ellas se prescinde de todo contexto histórico. La relación es aún más notoria con obras del mismo Pinter, quien, después de su famoso montaje, empezó a escribir *Viejos tiempos* (1971) y, algo más tarde, la especialmente joyceana *Traición* (1978). En ambas, el diálogo no conduce a la resolución sino a la duda, y el lenguaje se convierte en un tembladeral de aprehensiones. Como Joyce, Pinter ofrece mentes en conflicto en lugar de acciones visibles, pausas elocuentes en vez de golpes de efecto.

Una vez sacadas a la luz, estas corrientes posfreudianas, tan en sintonía con la concepción moderna de la persona (y del personaje), se naturalizaron como las señas de identidad de *Exiliados*. Y, como era de esperar, volvieron a oírse en la más reciente producción relevante de la obra, una sobria versión que subió al National Theatre de Londres en 2006, con la dirección de James Macdonald. No faltaron los encomios críticos comparables a los pronunciados en época de Pinter: por caso, Michael Billington, que había visto el montaje de 1970, la describió en *The Guardian* como «una obra emblemática del teatro moderno que explora las complejidades bizantinas del matrimonio con honesta genialidad». Sin embargo, no todo el mundo compartió ese entusiasmo. Es notable que incluso un fino autor como Philip Hensher la juzgase «una obra fascinante pero fallida, un experimento entre novela y drama que no termina de encontrar el tono». ¿Tenía razón alguno de ellos? Quien suscribe estas líneas vio aquella representación, y hasta donde lo asiste la memoria toma partido por Billington. Si algo resulta llamativo, en cualquier caso, es que quienes expresan más reparos sobre *Exiliados* suelen ser los poetas y los novelistas (Yeats, Pound, Hensher), mientras que los dramaturgos y los críticos teatrales (Beckett, Pinter, Esslin, Bryden) identifican en ella vetas expresivas dignas de seguir explorándose.

Suena a justicia poética. Y el saldo de la historia también cuenta. Aunque *Exiliados* fue un texto casi marginal durante buena parte del siglo xx, ha demostrado una continua vitalidad desde los años setenta en adelante, no solo en los escenarios, sino en el mundo académico, como objeto de numerosos estudios y ediciones críticas. En ese sentido, podemos apostar por su futuro, con la intuición de que contiene todos los elementos de un clásico. Como ya señaló Pound, la pieza expone «la eterna cuestión de los derechos que competen al intelecto, a la emoción, a la sensación y al sentimiento», lo que viene a decir que aporta una visión verídica y compleja de sus personajes. Desde joven, Joyce no buscaba otra cosa. «Debemos aceptar la vida tal como se presenta a nuestros ojos», escribió en «Drama y vida». Y poco después: «La gran comedia humana en la que todos y cada uno participamos ofrece terreno sin límites al verdadero artista». En un salón cualquiera, por caso de Dublín, cuatro seres se cruzan y revelan un mundo.

MARTÍN SCHIFINO

Nota sobre esta edición

Exiles se publicó por primera vez en la editorial Grant Richards, Londres, en 1918. Esta nueva traducción, primera versión española en más de cuarenta años, se basa en el texto fijado en *Poems and Exiles*, un volumen con edición, introducción y notas de J. C. C. Mays, Penguin Books, Londres, 1992. Entre los documentos incluidos por Mays figuran las notas del propio Joyce, conservadas en un cuaderno aparte, que ofrecemos como primer apéndice. Los otros dos textos que aparecen en los apéndices —la conferencia «Drama y vida» y el ensayo «La nueva obra de Henrik Ibsen», ambos en versión revisada y corregida— proceden de *Ensayos críticos*, Barcelona, Lumen, 1971, fiel traducción de *The Critical Writings*, un tomo que reunió los escritos de no ficción de Joyce, compilados y anotados por Ellsworth Mason y Richard Ellmann, Nueva York, Viking, 1959. Por último, la carta dirigida a Henrik Ibsen, traducida especialmente para nuestra edición, aparece en el primer tomo de *Letters of James Joyce*, editado por Stuart Gilbert, Nueva York, Viking Press, 1957.

Exiliados

Personajes

RICHARD ROWAN, *escritor*

BERTHA

ARCHIE, *hijo de ambos, de ocho años*

ROBERT HAND, *periodista*

BEATRICE JUSTICE, *prima de Robert y profesora de música*

BRIGID, *vieja sirvienta de la familia Rowan*

UNA PESCADERA

En Merrion y Ranelagh, suburbios de Dublín.
Verano del año 1912.

Acto I

Salón de la casa de Richard Rowan en Merrion, un suburbio de Dublín. A la derecha, en primer término, una chimenea ante la cual hay una pantalla baja. Sobre la repisa de la chimenea, un espejo con marco dorado. Más al fondo, en la pared de la derecha, una puerta doble plegable que da a la sala de estar y a la cocina. En la pared del fondo, a la derecha, una puerta pequeña que da a un estudio. A la izquierda de esa puerta, un aparador. En la pared sobre el aparador, un dibujo al pastel enmarcado de un joven. Más a la izquierda, una puerta doble acristalada que da al jardín. En la pared de la izquierda, una ventana que da a la calle. Más en primer término, en la misma pared, una puerta que da al recibidor y al piso de arriba. Entre la ventana y la puerta, un escritorio Davenport de mujer contra la pared. Junto a este, una silla de mimbre. En el centro de la estancia, una mesa redonda. Alrededor de la mesa, sillas tapizadas de felpa verde. A la derecha, en primer término, una mesita con servicio de fumar. Junto a esta, un sillón y un sofá. Hay alfombrillas de fibra de coco delante de la chimenea, junto al sofá y ante las puertas. El suelo es de madera teñida. La puerta doble del fondo y la puerta plegable de la derecha tienen cortinas de encaje abiertas a medias. El bastidor inferior de la ventana está levantado y a los lados cuelgan pesadas cortinas de felpa verde. La persiana está bajada hasta el borde del bastidor alzado. Es una cálida tarde de junio y la estancia está llena de suave luz solar que ya declina.

> *(Brigid y Beatrice entran por la puerta de la izquierda. Brigid es una mujer mayor, de baja estatura, con cabello gris acero. Beatrice Justice es una joven delgada y morena de veintisiete años. Lleva un vestido azul marino de buena factura, un elegante y sencillo sombrero de paja negro y un bolso de mano pequeño en forma de portafolio).*

BRIGID. La señora y el señorito Archie están en la piscina.* No la esperaban. ¿Ha avisado usted de que ha vuelto, señorita Justice?

BEATRICE. No. Acabo de llegar.

BRIGID. *(Señala el sillón).* Siéntese, que voy a decirle al señor que está usted aquí. ¿Ha pasado mucho tiempo en el tren?

BEATRICE. *(Sentándose).* Desde esta mañana.

BRIGID. El señorito Archie recibió su postal con las vistas de Youghal. Estará usted cansada, me imagino.

BEATRICE. No, no. *(Tose con cierto nerviosismo).* ¿Ha practicado el piano mientras yo no estaba?

BRIGID. *(Se ríe de buena gana).* Que si ha practicado, ¡qué cosas tiene usted! Menudo está hecho el señorito Archie. Ahora anda loco con el caballo del lechero. ¿Le ha hecho buen tiempo por allí, señorita Justice?

BEATRICE. Más bien lluvioso, diría yo.

---

* En el original, *bath*. Son las Blackrock Baths, unas piscinas de agua de mar en la costa, muy cerca de donde se desarrolla la acción de la obra. *(N. del T.)*

BRIGID. *(Con compasión).* Vaya por Dios. Pues por aquí también va a caer. *(Se dirige hacia el estudio).* Le diré que está usted aquí.

BEATRICE. ¿Está el señor Rowan en casa?

BRIGID. *(Señala).* Está en su estudio. Consumiéndose con no sé qué que está escribiendo. Media noche despierto se pasa. *(Avanzando).* Ya lo aviso.

BEATRICE. No lo moleste, Brigid. Esperaré aquí a que vuelvan si es que no tardan mucho.

BRIGID. Y además he visto que había correo en el buzón cuando le abría a usted. *(Cruza la estancia hasta la puerta del estudio, la abre ligeramente y habla).* Señor Richard, la señorita Justice está aquí para la lección del señorito Archie.

> *(Richard Rowan entra desde el estudio y avanza hacia Beatrice con una mano extendida. Es un joven alto y atlético de ademán algo indolente. Tiene el pelo castaño claro y lleva bigote y gafas. Va vestido con un traje de* tweed *gris claro holgado).*

RICHARD. Bienvenida.

BEATRICE. *(Se pone en pie y le da la mano, sonrojándose un poco).* Buenas tardes, señor Rowan. No quería que lo molestara Brigid.

RICHARD. ¡Molestarme! ¡Cielo santo!

BRIGID. Hay correo en el buzón, señor.

RICHARD. *(Saca un pequeño manojo de llaves del bolsillo y se lo entrega).* Tenga.

> *(Brigid sale por la puerta de la izquierda y se la oye abrir y cerrar el buzón. Breve pausa. Entra con dos periódicos en las manos).*

RICHARD. ¿Hay cartas?

BRIGID. No, señor. Solo los periódicos italianos estos.

RICHARD. Déjelos en mi escritorio, haga el favor.

> (*Brigid le devuelve las llaves, deja los periódicos en el estudio, vuelve a entrar y sale por la puerta plegable de la derecha*).

RICHARD. Por favor, siéntese. Bertha volverá enseguida.

> (*Beatrice se sienta de nuevo en el sillón. Richard se sienta junto a la mesa*).

RICHARD. Había empezado a pensar que ya no iba usted a volver. Hace doce días que no venía.

BEATRICE. Yo también lo he pensado. Pero he venido.

RICHARD. ¿Ha pensado en lo que le dije la última vez?

BEATRICE. Mucho.

RICHARD. Sin duda lo sabía usted de antes. ¿No es así? (*Ella no responde*). ¿Me culpa por ello?

BEATRICE. No.

RICHARD. ¿Le parece que he sido… injusto con usted? ¿No? ¿Y con otras personas?

BEATRICE. (*Lo mira con expresión triste y perpleja*). Yo me he hecho esa misma pregunta.

RICHARD. ¿Y la respuesta?

BEATRICE. No he sabido qué responder.

RICHARD. Si yo fuera pintor y le dijera que tengo un cuaderno con dibujos de usted no le parecería tan extraño, ¿verdad?

BEATRICE. Pero no es lo mismo, ¿no?

RICHARD. (*Sonríe levemente*). No exactamente. También le dije que no le enseñaría lo que he escrito a menos que me pidiera leerlo. ¿Y bien?

BEATRICE. No se lo voy a pedir.

RICHARD. *(Se inclina hacia delante con los codos en las rodillas, las manos unidas).* ¿Le gustaría leerlo?

BEATRICE. Mucho.

RICHARD. ¿Porque trata sobre usted?

BEATRICE. Sí. Pero no solo por eso.

RICHARD. ¿Porque lo he escrito yo? ¿Sí? ¿Aunque pueda encontrar cosas crueles?

BEATRICE. *(Con timidez).* Eso también es parte de su mente.

RICHARD. Entonces ¿es mi mente lo que la atrae? ¿Es eso?

BEATRICE. *(Dudando, lo mira por un instante).* ¿Por qué cree que vengo aquí?

RICHARD. ¿Por qué? Hay muchas razones. Para las lecciones de Archie. Nos conocemos desde hace muchos años, desde que éramos niños, Robert, usted y yo, ¿no es así? Usted siempre se ha interesado por mí. Antes de que me marchara y mientras estuve fuera. Y luego están las cartas que nos escribíamos. Sobre mi libro. Que ahora ya está publicado. Y otra vez estoy aquí. Quizá siente que algo nuevo se está formando en mi cerebro. Quizá quiere saber qué es. ¿Es esa la razón?

BEATRICE. No.

RICHARD. ¿Cuál es entonces?

BEATRICE. Que es la única manera de verle.

> *(Lo mira un momento y después vuelve rápidamente el rostro).*

RICHARD. *(Tras una pausa repite con incertidumbre).* ¿Porque es la única manera de verme?

BEATRICE. *(De pronto avergonzada).* Será mejor que me vaya. No vienen. *(Poniéndose en pie).* Señor Rowan, tengo que irme.

RICHARD. *(Extendiendo los brazos).* ¡Pero está usted huyendo! Quédese. Dígame qué significa lo que ha dicho. ¿Tiene miedo de mí?

BEATRICE. *(Dejándose caer en el sillón).* ¿Miedo? No.

RICHARD. ¿Confía en mí? ¿Siente que me conoce?

BEATRICE. *(De nuevo con timidez).* Es difícil conocer a nadie excepto a uno mismo.

RICHARD. ¿Difícil conocerme a mí? Le envié desde Roma los capítulos de mi libro a medida que los escribía, y cartas. Durante nueve largos años. Bueno, ocho años.

BEATRICE. Sí, pasó casi un año antes de su primera carta.

RICHARD. Y usted respondió enseguida. Y desde entonces ha sido espectadora de mi lucha. *(Une las dos manos con fervor).* Dígame, señorita Justice, ¿le pareció que lo que leía estaba escrito para usted? ¿O que usted había sido mi inspiración?

BEATRICE. *(Niega con la cabeza).* No tengo por qué contestar a esa pregunta.

RICHARD. Entonces ¿qué es lo que sintió?

BEATRICE. *(Guarda silencio unos instantes).* Yo no puedo decirlo. Me lo tiene que preguntar usted, señor Rowan.

RICHARD. *(Con cierta vehemencia).* ¿Sintió entonces que en esos capítulos y en esas cartas, como también en mi carácter y en mi vida, había yo expresado una parte de su alma por la que usted no podía sentir… ni orgullo ni desprecio?

BEATRICE. ¿Que no podía?

RICHARD. *(Se inclina hacia ella).* No podía porque no se atrevía. ¿Es eso?

BEATRICE. *(Asiente con la cabeza).* Sí.

RICHARD. ¿Por consideración a otras personas o por falta de coraje? ¿Cuál de las dos?

BEATRICE. *(Suavemente).* Coraje.

RICHARD. *(Despacio).* ¿Y por eso me ha seguido, con orgullo y desprecio también en su corazón?

BEATRICE. Y con soledad.

> *(Apoya la cabeza en la mano, apartando la mirada. Richard se levanta y camina despacio hasta la ventana de la izquierda. Mira fuera unos instantes y regresa hacia ella, se dirige al sofá y se sienta cerca de ella).*

RICHARD. ¿Aún está usted enamorada de él?

BEATRICE. Ni siquiera yo lo sé.

RICHARD. Era eso lo que me volvía tan reservado con usted, por aquel entonces, a pesar de que sentía su interés por mí, a pesar de que sentía que yo también era algo en su vida.

BEATRICE. Y lo era.

RICHARD. Sin embargo, eso me separaba de usted. Sentí que yo era una tercera persona. Vuestros nombres, hasta donde puedo recordar, siempre se mencionaban juntos, Robert y Beatrice. Me parecía, como a todo el mundo, que…

BEATRICE. Somos primos. No es extraño que pasáramos mucho tiempo juntos.

RICHARD. Él me dijo que os comprometisteis en secreto. No tenía secretos para mí. Supongo que sabía usted eso.

BEATRICE. *(Incómoda).* Lo que sucedió… entre él y yo… fue hace tanto tiempo… Yo era una niña.

RICHARD. *(Sonríe maliciosamente).* ¿Una niña? ¿Está segura? Fue en el jardín de la madre de él. ¿Verdad? *(Señala en la dirección del jardín).* Allí. Con un beso celebrasteis vuestros esponsales, como reza la expresión. Y también le dio usted una de sus ligas. ¿Se me permite mencionar eso?

BEATRICE. *(Con cierta reserva)*. Si cree que merece la pena mencionarlo.

RICHARD. Creo que usted no lo ha olvidado. *(Juntando las manos tranquilamente)*. No puedo comprenderlo. Además, yo creía que después de mi marcha… ¿La hizo sufrir que me fuera?

BEATRICE. Siempre supe que algún día se iría. No sufrí. Pero cambié.

RICHARD. ¿Respecto a él?

BEATRICE. Todo cambió. Me pareció que la vida de mi primo, incluso su mente, había cambiado después de aquello.

RICHARD. *(Cavilando)*. Sí. Vi que usted había cambiado cuando recibí su primera carta al cabo de un año, después de su enfermedad. Incluso lo decía usted en la carta.

BEATRICE. Estuve cerca de la muerte. Eso me hizo ver las cosas de manera diferente.

RICHARD. De modo que, poco a poco, empezó a haber cierta frialdad entre vosotros. ¿No es así?

BEATRICE. *(Con los ojos entrecerrados)*. No. No fue de inmediato. Yo veía en él un pálido reflejo de usted. Y después también eso desapareció. Pero ¿de qué sirve hablar ahora?

RICHARD. *(Con energía contenida)*. ¿Qué es lo que parece pesar sobre usted? No puede ser tan trágico.

BEATRICE. *(Con calma)*. Oh, no es trágico en absoluto. Poco a poco me pondré mejor, me dicen, a medida que envejezca. Dicen que, como no me morí, probablemente viviré. Me devuelven la vida y la salud… para cuando ya no pueda usarlas. *(Con calma y amargura)*. Soy una convaleciente.

RICHARD. *(Amablemente)*. ¿Y no hay nada en la vida que le dé paz? Tiene que existir paz para usted en algún lugar.

BEATRICE. Quizá en un convento, si hubiera conventos en mi religión. Al menos eso pienso a veces.

RICHARD. *(Niega con la cabeza)*. No, señorita Justice, ni siquiera allí. Usted no podría entregarse libremente y por completo.

BEATRICE. *(Mirándolo)*. Lo intentaría.

RICHARD. Lo intentaría, sí. Se sintió usted atraída por él de la misma manera que su mente se sintió atraída por la mía. Se guardó usted de él. Y también de mí, aunque de otra manera. Usted no puede entregarse libremente y por completo.

BEATRICE. *(Une despacio las manos)*. Es algo terriblemente difícil de hacer, señor Rowan, entregarse de forma libre y por completo… y ser feliz.

RICHARD. Pero ¿usted siente que la felicidad es lo mejor, lo más alto que podemos conocer?

BEATRICE. *(Con fervor)*. Ojalá pudiera creerlo.

RICHARD. *(Se inclina hacia atrás, las manos unidas en la nuca)*. Ah, ¡si supiera cómo sufro en este momento! También por su situación. Pero sobre todo por la mía. *(Con amarga energía)*. ¡Y cómo rezo para que se me conceda de nuevo la dureza de corazón de mi difunta madre! Porque alguna ayuda tengo que encontrar, dentro de mí o fuera. Y la encontraré.

> *(Beatrice se levanta, lo mira fijamente y se aleja hacia la puerta del jardín. Se da la vuelta con indecisión, lo mira de nuevo, regresa y se inclina sobre el sillón).*

BEATRICE. *(En voz baja)*. ¿Le pidió antes de morir que viniera, señor Rowan?

RICHARD. *(Perdido en sus pensamientos)*. ¿Quién?

BEATRICE. Su madre.

RICHARD. *(Volviendo en sí, la mira intensamente unos instantes).* ¿Así que también eso decían aquí mis amigos, que antes de morir me pidió que viniera y yo no acudí?

BEATRICE. Sí.

RICHARD. *(Con frialdad).* No me lo pidió. Murió sola, sin haberme perdonado y fortificada por los ritos de la santa iglesia.

BEATRICE. ¿Por qué me habla de esa manera, señor Rowan?

RICHARD. *(Se pone en pie y camina nerviosamente de un lado a otro).* Y lo que sufro ahora mismo dirá usted que es mi castigo.

BEATRICE. Pero ¿ella le escribió? Quiero decir antes de…

RICHARD. *(Titubeante).* Sí. Una carta de advertencia, pidiéndome que rompiera con el pasado y que recordara sus últimas palabras.

BEATRICE. *(Suavemente).* ¿Y la muerte no le conmueve, señor Rowan? Se trata de un final. Es lo único que está claro.

RICHARD. Mientras estuvo viva me dio la espalda a mí y a todo lo mío. Eso está claro.

BEATRICE. ¿A usted y a…?

RICHARD. A Bertha y a mí y a nuestro hijo. De modo que esperé a que llegara el final, como lo llama usted. Y llegó.

BEATRICE. *(Se cubre el rostro con las manos).* Oh, no. No diga eso.

RICHARD. *(Ferozmente).* ¿Cómo podrían mis palabras herir su pobre cuerpo que ahora se pudre en la tumba? ¿Cree usted que no siento compasión por el amor frío y marchito que sentía ella por mí? Mientras vivió, luché contra su espíritu hasta el amargo final. *(Se aprieta la frente con la mano).* Y su espíritu aún lucha contra mí… aquí.

BEATRICE. *(Como antes).* Oh, ¡no hable así!

RICHARD. Me apartó de su lado. Por su culpa, viví años en el exilio y también en la pobreza, o casi. Jamás acepté las limosnas que me enviaba a través del banco. Además yo esperaba, no su muerte, sino algún tipo de comprensión hacia mí, hacia su propio hijo, hacia su sangre y su carne. Pero eso no llegó nunca.

BEATRICE. ¿Ni siquiera después de Archie...?

RICHARD. *(Bruscamente).* ¿Mi hijo, dice? ¡Un vástago del pecado y la vergüenza! ¿Habla usted en serio? *(Ella levanta el rostro y lo mira).* Había aquí lenguas dispuestas a contárselo todo, a amargar aún más su agostada mente contra mí y contra Bertha y contra nuestro hijo impío y anónimo. *(Extendiendo sus manos hacia ella).* ¿No la oye burlarse de mí mientras hablo? Seguro que reconoce su voz, la voz que la llamó negra protestante, hija de un pervertido. *(Con súbito autocontrol).* En cualquier caso, una mujer extraordinaria.

BEATRICE. *(Débilmente).* Al menos ahora es usted libre.

RICHARD. *(Asiente).* Sí. Mi madre no pudo ni cambiar el testamento de mi padre ni vivir para siempre.

BEATRICE. *(Con las manos unidas).* Ya no está ninguno de los dos, señor Rowan. Los dos le querían, créame. Sus últimos pensamientos fueron para usted.

RICHARD. *(Se acerca a ella, le toca ligeramente el hombro y señala el dibujo al pastel de la pared).* Mírelo ahí, apuesto y sonriente. ¡Sus últimos pensamientos! Recuerdo la noche en que murió. *(Se calla un momento y después sigue con tono calmado).* Yo tenía catorce años. Me llamó a la cabecera de su cama. Sabía que yo quería ir al teatro a oír *Carmen.* Le dijo a mi madre que me diera un chelín. Le di un beso y me fui. Cuando volví a casa había muerto. Esos fueron sus últimos pensamientos, por lo que sé.

BEATRICE. Esa dureza de corazón por la que rezaba usted... *(Se le corta la voz).*

RICHARD. *(Sin prestarle atención)*. Ese es mi último recuerdo de él. ¿No le parece que hay algo en ello dulce y noble?

BEATRICE. Señor Rowan, hay algo en su conciencia que le hace hablar de esta manera. Algo ha cambiado en usted desde que volvió, hace tres meses.

RICHARD. *(Mirando de nuevo el dibujo, con calma, casi con alegría)*. Puede que él me ayude. Mi sonriente y apuesto padre.

> *(Se oye un golpe en la puerta de la calle a la izquierda).*

RICHARD. *(Súbitamente)*. No, no. El sonreidor no, señorita Justice. Tiene que ser la vieja madre. Ese es el espíritu que necesito. Me voy.

BEATRICE. Han llamado. Ya están de vuelta.

RICHARD. No. Bertha tiene llave. Es él. Yo me voy, sea quien sea.

> *(Sale deprisa por la izquierda y vuelve a entrar enseguida con su sombrero de paja en la mano).*

BEATRICE. ¿Él? ¿Quién?

RICHARD. Seguramente Robert. Me voy por el jardín. Ahora no puedo verle. Dígale que me he ido a la estafeta. Adiós.

BEATRICE. *(Con alarma creciente)*. ¿Es a Robert a quien no quiere ver?

RICHARD. *(En voz baja)*. De momento, sí. Esta conversación me ha alterado. Dígale que me espere.

BEATRICE. ¿Va a volver?

RICHARD. Si Dios lo quiere.

> *(Se va rápidamente a través del jardín. Beatrice hace ademán de seguirle y se detiene a los pocos*

pasos. Brigid entra por la puerta plegable de la derecha y sale por la izquierda. Se oye cómo se abre la puerta de la calle. Segundos más tarde entra Brigid con Robert Hand.

Robert Hand es un hombre de talla mediana, más bien corpulento, de entre treinta y cuarenta años. Lleva el rostro afeitado y tiene facciones inquietas. Su cabello y sus ojos son oscuros, y su tez, cetrina. Camina y habla con cierta lentitud. Viste un traje de día azul oscuro y lleva en la mano un gran ramo de rosas rojas envueltas en papel tisú).

ROBERT. *(Yendo hacia ella con una mano extendida, que ella toma).* ¡Mi querida primita! Brigid me ha dicho que habías llegado. No tenía ni idea. ¿Le has enviado un telegrama a mamá?

BEATRICE. *(Mirando las rosas).* No.

ROBERT. *(Siguiendo su mirada).* Veo que estás admirando mis rosas. Son para la señora de la casa. *(Con gesto crítico).* Me temo que no están muy bien.

BRIGID. Ay, pero si son preciosas, señor. A la señora le van a encantar.

ROBERT. *(Deja las rosas con descuido en una silla, donde quedan ocultas).* ¿No hay nadie?

BRIGID. Sí, señor. Siéntese, señor. Estarán a punto de llegar. El señor estaba aquí.

(Mira alrededor y, haciendo una leve inclinación, Brigid sale por la derecha).

ROBERT. *(Tras un breve silencio).* ¿Cómo andas, Beatty? ¿Y cómo andan todos en Youghal? ¿Tan aburridos como siempre?

BEATRICE. Estaban bien cuando me fui.

ROBERT. *(Educadamente)*. Cómo siento no haber sabido que venías. Te habría ido a buscar al tren. ¿Por qué no dijiste nada? Tienes unas cosas más raras, Beatty…

BEATRICE. *(En el mismo tono)*. Gracias, Robert. Estoy bastante acostumbrada a apañarme sola.

ROBERT. Ya, lo que quería decir es que… En fin, tú has llegado a tu manera.

> *(Se oye un ruido en la ventana y una voz de niño que exclama: «¡Señor Hand!». Robert se da la vuelta).*

ROBERT. Por Júpiter, ¡Archie llega también a su manera!

> *(Archie entra a gatas por la ventana de la izquierda y después se pone en pie, colorado y jadeando. Archie es un niño de ocho años, vestido con pantalones cortos blancos, jersey y gorra. Lleva gafas, tiene una actitud bulliciosa y habla con un leve acento extranjero).*

BEATRICE. *(Yendo hacia él)*. ¡Válgame Dios, Archie! ¿Qué es lo que ocurre?

ARCHIE. *(Levantándose sin aliento)*. ¡Ja! He venido corriendo por toda la avenida.

ROBERT. *(Sonríe y extiende una mano)*. Buenas tardes, Archie. Y ¿por qué corrías?

ARCHIE. *(Le da la mano)*. Buenas tardes. Lo hemos visto a usted en lo alto del tranvía, y yo he gritado: «¡Señor Hand!». Pero no me ha visto. Pero nosotros a usted sí, mamá y yo. Enseguida llega. Yo he venido corriendo.

BEATRICE. *(Tendiéndole la mano)*. ¡Y a mí no me saludas!

ARCHIE. *(Le da la mano con cierta timidez).* Buenas tardes, señorita Justice.

BEATRICE. ¿Te llevaste una desilusión cuando no vine el viernes pasado a darte la lección?

ARCHIE. *(Le lanza una mirada rápida, sonríe).* No.

BEATRICE. ¿Te alegraste?

ARCHIE. *(Súbitamente).* Pero hoy ya es tarde.

BEATRICE. ¿Y para una lección cortita?

ARCHIE. *(Complacido).* Bueno.

BEATRICE. Pero tienes que estudiar, Archie.

ROBERT. ¿Has estado en la piscina?

ARCHIE. Sí.

ROBERT. ¿Y ya eres un buen nadador?

ARCHIE. *(Se apoya contra el escritorio).* No. Mamá no me deja ir donde cubre. ¿Usted sabe nadar bien, señor Hand?

ROBERT. Estupendamente. Como una piedra.

ARCHIE. *(Se ríe).* ¡Como una piedra! *(Señalando hacia abajo).* ¿Así, para abajo?

ROBERT. *(Señalando).* Sí, para abajo; derecho al fondo. ¿Cómo se dice eso en Italia?

ARCHIE. ¿Eso? *Giù. (Señalando hacia abajo y luego hacia arriba).* Esto es *giù* y esto es *sù.* ¿Quiere hablar con mi papá?

ROBERT. Sí. He venido a verle.

ARCHIE. *(Yendo hacia el estudio).* Le voy a decir. Está ahí, escribiendo.

BEATRICE. *(Con calma, mirando a Robert).* No, ha salido. Ha ido a la estafeta con unas cartas.

ROBERT. *(Despreocupadamente).* Ah, no pasa nada. Espero a que vuelva, si solo ha ido a la estafeta.

ARCHIE. Pero mamá ahora viene. *(Mira hacia la ventana).* ¡Ahí está!

(Archie sale corriendo por la puerta de la izquierda. Beatrice camina despacio hasta el escritorio. Robert se queda de pie. Breve silencio. Archie y Bertha entran por la puerta de la izquierda.

Bertha es una joven de complexión grácil. Tiene ojos gris oscuro, de expresión paciente, y facciones delicadas. Su actitud indica cordialidad y dominio de sí misma. Su vestido es de color lavanda y lleva unos guantes de color crema atados al puño del parasol).

BERTHA. *(Dándole la mano).* Buenas tardes, señorita Justice. Pensábamos que seguía usted en Youghal.

BEATRICE. *(Dándole la mano).* Buenas tardes, señora Rowan.

BERTHA. *(Hace una inclinación).* Buenas tardes, señor Hand.

ROBERT. *(Hace una inclinación).* ¡Buenas tardes, *signora*! Imagínese, yo tampoco sabía que mi prima había vuelto, hasta que me la he encontrado aquí.

BERTHA. *(A ambos).* ¿No han venido juntos?

BEATRICE. No. Yo he llegado primero. El señor Rowan se estaba yendo. Me dijo que usted volvería en cualquier momento.

BERTHA. Cómo lo siento. Si hubiera usted escrito o mandado a la chica a avisar esta mañana…

BEATRICE. *(Se ríe nerviosamente).* He llegado hace solo una hora y media. Pensé en enviar un telegrama, pero me pareció un gesto melodramático.

BERTHA. ¡Ah!, ¿o sea que acaba de llegar?

ROBERT. *(Extendiendo los brazos débilmente).* Me retiro de la vida pública y privada. Primo suyo y periodista, y no sé nada de sus movimientos.

BEATRICE. *(No directamente a él).* Mis movimientos no son muy interesantes.

ROBERT. *(En el mismo tono)*. Los movimientos de una dama son siempre interesantes.

BERTHA. Pero siéntese, por favor. Debe de estar cansadísima.

BEATRICE. *(Rápidamente)*. No, en absoluto. He venido solo para la lección de Archie.

BERTHA. Ni hablar de eso, señorita Justice, después de un viaje tan largo.

ARCHIE. *(Súbitamente, a Beatrice)*. Y, además, no ha traído las partituras.

BEATRICE. *(Un poco avergonzada)*. Sí, se me han olvidado. Pero tenemos el ejercicio anterior.

ROBERT. *(Tirándole a Archie de la oreja)*. Bribonzuelo. Tú lo que quieres es saltarte la lección.

BERTHA. Nada de lecciones. Ahora mismo se sienta usted y se toma una taza de té. *(Yendo hacia la puerta a la derecha)*. Le voy a decir a Brigid.

ARCHIE. Yo se lo digo, mamá. *(Hace ademán de ir)*.

BEATRICE. No, por favor, señora Rowan. ¡Archie! La verdad es que preferiría…

ROBERT. *(Tranquilamente)*. Propongo un acuerdo. Que sea media lección.

BERTHA. Pero si debe de estar agotada…

BEATRICE. *(Rápidamente)*. Ni lo más mínimo. En el tren iba pensando en la lección.

ROBERT. *(A Bertha)*. Ya ve lo que es tener conciencia, señora Rowan.

ARCHIE. ¿En mi lección, señorita Justice?

BEATRICE. *(Con sencillez)*. Hace diez días que no oigo el sonido de un piano.

BERTHA. En fin, de acuerdo. Si es eso lo que…

ROBERT. *(Con nerviosismo, alegremente)*. Claro que sí, adelante con el piano. Yo ya sé lo que está sonando en los oídos de Beatty en este momento. *(A Beatrice)*. ¿Lo digo?

BEATRICE. Si lo sabes…

ROBERT. El zumbido del armonio en la sala de estar de su padre. *(A Beatrice)*. Confiesa.

BEATRICE. *(Sonriendo)*. Sí. Me parece estar oyéndolo.

ROBERT. *(Con tono siniestro)*. A mí también. La asmática voz del protestantismo.

BERTHA. ¿No lo ha pasado bien por allí, señorita Justice?

ROBERT. *(Interviniendo)*. No se lo ha pasado bien, señora Rowan. Se marcha allí a retirarse del mundo cuando triunfa su vena protestante: depresión, seriedad, rectitud.

BEATRICE. Voy para ver a mi padre.

ROBERT. *(Continúa)*. Pero vuelve para estar con mi madre, ¿se da cuenta? La influencia del piano viene de nuestro lado de la familia.

BERTHA. *(Titubeando)*. Bueno, señorita Justice, si lo que quiere es tocar algo… Pero, por favor, no se fatigue con Archie.

ROBERT. *(Afablemente)*. Vamos, Beatty. Lo estás deseando.

BEATRICE. Solo si viene Archie.

ARCHIE. *(Se encoge de hombros)*. Para escuchar.

BEATRICE. *(Le coge de la mano)*. Y también para una pequeña lección. Muy cortita.

BERTHA. Bueno, pero después tiene que quedarse a tomar el té.

BEATRICE. *(A Archie)*. Vamos.

(Beatrice y Archie salen juntos por la puerta de la izquierda. Bertha va hacia el escritorio, se quita el sombrero y lo deja junto con el parasol sobre el escritorio. Después, saca una llave de un pequeño florero, abre un cajón del escritorio, saca una hoja de papel y cierra de nuevo el cajón. Robert está de pie mirándola).

BERTHA. *(Yendo hacia él con el papel en la mano)*. Anoche me puso usted esto en la mano. ¿Qué significa?

ROBERT. ¿Es que no lo sabe?

BERTHA. *(Lee)*. «Hay una palabra que nunca me he atrevido a decirle». ¿Qué palabra es esa?

ROBERT. Que siento un profundo afecto por usted.

> *(Breve pausa. Se oye débilmente el piano desde la habitación de arriba)*.

ROBERT. *(Coge el ramo de rosas de la silla)*. Le he traído esto. ¿Me las acepta?

BERTHA. *(Las coge)*. Gracias. *(Las deja en la mesa y despliega de nuevo el papel)*. ¿Por qué no se atrevió a decirlo anoche?

ROBERT. No podía hablarle o seguirla. Había demasiada gente en el jardín. Quería que lo pensara, así que se lo puse en la mano al irme.

BERTHA. Y ahora se ha atrevido a decirlo.

ROBERT. *(Mueve la mano despacio ante sus ojos)*. Usted pasaba. La avenida estaba en penumbra a la luz del crepúsculo. Yo podía ver las masas verde oscuro de los árboles. Y usted pasaba por detrás. Como la luna.

BERTHA. *(Se ríe)*. ¿Por qué como la luna?

ROBERT. Con ese vestido, con su fino cuerpo, caminando a pasitos acompasados. Vi la luna pasar en el crepúsculo y después pasó usted y la perdí de vista.

BERTHA. ¿Y anoche pensó en mí?

ROBERT. *(Se acerca un poco)*. Pienso siempre en usted… como piensa uno en algo hermoso y distante…, la luna o una música profunda.

BERTHA. *(Sonriendo)*. ¿Y cuál de las dos era yo anoche?

ROBERT. Me pasé despierto la mitad de la noche. Podía oír su voz. Podía ver su rostro en la oscuridad. Sus ojos… Quiero decirle algo. ¿Quiere escucharme? ¿Puedo hablar?

BERTHA. *(Sentándose).* Puede.

ROBERT. *(Sentándose a su lado).* ¿Está enfadada conmigo?

BERTHA. No.

ROBERT. Me ha parecido que sí. Ha dejado muy deprisa mis pobres flores.

BERTHA. *(Las coge de la mesa y se las pone cerca de la cara).* ¿Esto es lo que quería que hiciera con ellas?

ROBERT. *(Mirándola).* Su rostro es también una flor…, pero más hermosa. Una flor silvestre que brota en un seto. *(Acercando su silla).* ¿De qué se ríe? ¿De lo que digo?

BERTHA. *(Dejando las flores en su regazo).* Me estaba preguntando si eso es lo que les dice… a las otras.

ROBERT. *(Sorprendido).* ¿Qué otras?

BERTHA. Las otras mujeres. Dicen que tiene muchas admiradoras.

ROBERT. *(De manera involuntaria).* ¿De modo que por eso usted…?

BERTHA. Pero las tiene, ¿no?

ROBERT. Amigas, sí.

BERTHA. ¿Les habla de la misma manera?

ROBERT. *(Con tono ofendido).* ¿Cómo me puede hacer esa pregunta? ¿Qué clase de persona cree que soy? ¿Y por qué me escucha? ¿No le ha gustado que le hable de esa manera?

BERTHA. Lo que ha dicho es muy amable. *(Lo mira por un instante).* Gracias por decirlo… y por pensarlo.

ROBERT. *(Inclinándose hacia ella).* ¡Bertha!

BERTHA. ¿Sí?

ROBERT. Tengo derecho a llamarte por tu nombre. Por los viejos tiempos, hace nueve años. Éramos Bertha… y Robert… entonces. ¿No lo podemos ser también ahora?

BERTHA. *(Sin dudarlo).* Pues claro. ¿Por qué no íbamos a poder?

ROBERT. Bertha, tú lo sabías. Desde la noche en que llegaste al embarcadero de Kingstown. Yo de pronto me acordé de todo. Y tú lo supiste. Lo viste.

BERTHA. No. Esa noche no.

ROBERT. Entonces ¿cuándo?

BERTHA. La noche que desembarcamos me sentía muy sucia y muy cansada. *(Negando con la cabeza).* No me di cuenta esa noche.

ROBERT. *(Sonriendo).* Dime qué viste esa noche, dime tu primera impresión.

BERTHA. *(Frunciendo el ceño).* Estabas con la espalda vuelta a la pasarela, hablando con dos mujeres.

ROBERT. Con dos mujeres feas y mayores, sí.

BERTHA. Te reconocí enseguida. Y vi que habías engordado.

ROBERT. *(Le coge la mano).* Y este pobre y gordo Robert, ¿te desagradó mucho? ¿No crees nada de lo que dice?

BERTHA. Creo que los hombres hablan de esa manera con todas las mujeres que les gustan o a las que admiran. ¿Qué quieres que crea?

ROBERT. ¿Todos los hombres, Bertha?

BERTHA. *(Con súbita tristeza).* Yo creo que sí.

ROBERT. ¿También yo?

BERTHA. Sí, Robert. Creo que tú también.

ROBERT. ¿Entonces todos... sin excepción? ¿O con una excepción? *(Baja el tono).* ¿O es que él..., Richard..., es como todos nosotros, al menos en eso? ¿O es diferente?

BERTHA. *(Le mira a los ojos).* Es diferente.

ROBERT. ¿Estás segura, Bertha?

BERTHA. *(Un poco avergonzada, trata de retirar la mano).* Ya te he contestado.

ROBERT. *(Súbitamente).* Bertha, ¿puedo besarte la mano? Déjame. ¿Puedo?

BERTHA. Si quieres.

> (*Él levanta despacio la mano de ella hacia sus labios. Ella se pone en pie de pronto y escucha*).

BERTHA. ¿No has oído la cancela del jardín?

ROBERT. *(Poniéndose también en pie)*. No.

> (*Breve pausa. Puede oírse débilmente el piano desde la habitación de arriba*).

ROBERT. *(Suplicante)*. No te vayas. Ya no te puedes ir nunca. Tu vida está aquí. También he venido para eso hoy…, para hablar con él…, para decirle que acepte el puesto. Tiene que aceptarlo. Y tú tienes que convencerle. Tienes mucha influencia sobre él.

BERTHA. Tú quieres que se quede.

ROBERT. Sí.

BERTHA. ¿Por qué?

ROBERT. Por ti, porque tan lejos eres infeliz. Por él también, porque tiene que pensar en su futuro.

BERTHA. *(Riendo)*. ¿Te acuerdas lo que te dijo anoche cuando hablaste con él?

ROBERT. ¿Sobre qué…? *(Pensando)*. Sí. Citó el padre nuestro, lo del pan nuestro de cada día. Dijo que preocuparse por el futuro es destruir la esperanza y el amor en el mundo.

BERTHA. ¿No te parece que es un hombre extraño?

ROBERT. En eso sí.

BERTHA. ¿Que está un poco… loco?

ROBERT. *(Se acerca)*. No. No está loco. Quizá nosotros sí lo estemos. Pero, vaya, ¿es que tú sí piensas que…?

BERTHA. *(Se ríe)*. Te pregunto a ti porque eres inteligente.

ROBERT. No puedes marcharte. No te lo permitiré.

BERTHA. *(Lo mira de hito en hito).* ¿Tú?

ROBERT. Esos ojos no pueden marcharse. *(Le coge las manos).* ¿Puedo besarte los ojos?

BERTHA. Puedes.

> *(La besa en los ojos y después pasa la mano por su cabello).*

ROBERT. ¡Mi pequeña Bertha!

BERTHA. *(Sonriendo).* No soy tan pequeña. ¿Por qué me llamas «pequeña»?

ROBERT. ¡Mi pequeña Bertha! ¿Me permites un solo abrazo? *(La rodea con los brazos).* Mírame otra vez a los ojos.

BERTHA. *(Mira).* Puedo ver las pintitas doradas. Cuántas tienes.

ROBERT. *(Encantado).* ¡Esa voz! Dame un beso, un beso de tu boca.

BERTHA. Tómalo.

ROBERT. Tengo miedo. *(La besa en la boca y pasa las manos muchas veces por su cabello).* ¡Por fin te tengo en mis brazos!

BERTHA. ¿Ya estás contento?

ROBERT. Déjame sentir cómo tus labios tocan los míos.

BERTHA. ¿Y entonces estarás contento?

ROBERT. *(Murmura).* ¡Tus labios, Bertha!

BERTHA. *(Cierra los ojos y le da un beso rápido).* Ya está. *(Le pone las manos en los hombros).* ¿Por qué no dices «gracias»?

ROBERT. *(Suspira).* Mi vida ha terminado… Se acabó.

BERTHA. Ay, no hables así, Robert.

ROBERT. Se acabó, se acabó. Quiero que se termine ya de una vez.

BERTHA. *(Preocupada pero solo ligeramente).* ¡Qué tonto eres!

ROBERT. *(La aprieta contra sí).* Terminar con todo… La muerte. Caer desde un alto acantilado, directo al mar.

BERTHA. Por favor, Robert…

ROBERT. Escuchando música y en los brazos de la mujer que amo… El mar, la música, la muerte.

BERTHA. *(Lo mira un instante).* ¿La mujer que amas?

ROBERT. *(Con prisas).* Quiero hablar contigo, Bertha, a solas. No aquí. ¿Vendrás?

BERTHA. *(Con la mirada baja).* Yo también quiero hablar contigo.

ROBERT. *(Con ternura).* Sí, cariño, ya lo sé. *(La besa de nuevo).* Hablaré contigo, te lo contaré todo. Y te besaré, te daré besos largos, largos… cuando vengas a mí… besos largos, largos y dulces.

BERTHA. ¿Dónde?

ROBERT. *(Con tono apasionado).* En los ojos. En los labios. Por todo tu divino cuerpo.

BERTHA. *(Rechazando su abrazo, avergonzada).* Quiero decir que a dónde quieres que vaya.

ROBERT. A mi casa. No a la de mi madre. Te voy a escribir la dirección. ¿Vendrás?

BERTHA. ¿Cuándo?

ROBERT. Esta noche. Entre las ocho y las nueve. Ven. Te estaré esperando esta noche. Y todas las noches. ¿Vendrás?

> *(La besa con pasión, sujetando su cabeza entre las manos. Tras unos instantes ella se separa de él. Él se sienta).*

BERTHA. *(Escuchando).* La cancela se ha abierto.

ROBERT. *(Con intensidad).* Te estaré esperando.

> *(Coge la hoja de papel de la mesa. Bertha se aleja despacio de él. Richard entra desde el jardín).*

RICHARD. *(Avanzando, se quita el sombrero).* ¡Buenas tardes!

ROBERT. *(Se levanta, con nerviosa cordialidad).* ¡Buenas tardes, Richard!

BERTHA. *(Sentada a la mesa, cogiendo las flores).* Mira qué flores tan preciosas me ha traído el señor Hand.

ROBERT. Me parece que están mustias.

RICHARD. *(Súbitamente).* ¿Me disculpas un momento, por favor?

> *(Se da la vuelta y entra rápidamente en su estudio. Robert se saca un lápiz del bolsillo y escribe unas palabras en la hoja; después se la entrega deprisa a Bertha).*

ROBERT. *(Rápidamente).* La dirección. Coge el tranvía en Lansdowne Road y di que te dejen bajar cuando estés cerca.

BERTHA. *(Coge el papel).* No prometo nada.

ROBERT. Estaré esperando.

> *(Richard regresa del estudio).*

BERTHA. *(Avanzando).* Tengo que poner estas rosas en agua.

RICHARD. *(Dándole su sombrero).* Sí, hazlo. Y, por favor, cuelga mi sombrero en el perchero.

BERTHA. *(Lo coge).* Así os dejo a los dos, para que habléis. *(Mirando en torno).* ¿Necesitáis algo? ¿Cigarrillos?

RICHARD. Gracias. Ya tenemos aquí.

BERTHA. Entonces me voy.

> *(Sale por la izquierda con el sombrero de Richard, lo deja en el vestíbulo, regresa enseguida; se detiene un instante ante el escritorio, vuelve a poner la hoja de papel en el cajón, lo cierra con llave, devuelve*

esta a su sitio y, tras coger las rosas, se va hacia la
derecha. Robert la precede para abrirle la puerta.
Bertha hace una inclinación y sale).

RICHARD. *(Señala la silla cerca de la mesita a la derecha).* Tu lugar
de honor.

ROBERT. *(Se sienta).* Gracias. *(Se pasa la mano por la frente).*
Santo Dios, ¡qué calor hace hoy! El calor me hace daño
aquí, en el ojo. Esta claridad.

RICHARD. Está bastante oscuro, me parece a mí, con la persiana
bajada, pero si quieres…

ROBERT. *(Deprisa).* En absoluto. Ya sé lo que me pasa, es por
trabajar de noche.

RICHARD. *(Se sienta en el sofá).* ¿Tienes que trabajar por la
noche?

ROBERT. *(Suspira).* Pues sí. Tengo que supervisar una parte del
periódico cada noche. Y luego están mis editoriales. Estamos entrando en un momento difícil. Y no solo aquí.

RICHARD. *(Tras una breve pausa).* ¿Has sabido algo?

ROBERT. *(Con la voz cambiada).* Sí. Quiero hablar contigo seriamente. Hoy puede ser para ti un día importante…, o más
bien una noche. Esta mañana he hablado con el vicerrector.
Te tiene en muy alta estima, Richard. Dice que ha leído tu
libro.

RICHARD. ¿Lo compró o lo pidió prestado?

ROBERT. Lo compró, supongo.

RICHARD. Me voy a fumar un cigarrillo. Treinta y siete ejempla-
res se han vendido en Dublín.

(Coge un cigarrillo de la cigarrera que hay sobre la
mesa y lo enciende).

ROBERT. *(Afablemente, sin esperanza).* En fin, asunto zanjado por el momento, entonces. Hoy llevas puesta la máscara de hierro.

RICHARD. *(Fumando).* Oigamos el resto.

ROBERT. *(De nuevo serio).* Richard, eres demasiado desconfiado. Es un defecto que tienes. Me ha asegurado que te tiene en muy alta estima, como todo el mundo. Dice que eres la persona indicada para el puesto. De hecho, me dijo que si tu nombre se propone luchará con uñas y dientes por ti en el senado, y yo… haré mi parte, como es obvio, en la prensa y en persona. Lo considero un deber cívico. La cátedra de Literatura Románica te pertenece por derecho, como experto y como personalidad literaria.

RICHARD. ¿Y las condiciones?

ROBERT. ¿Condiciones? ¿Te refieres al futuro?

RICHARD. Me refiero al pasado.

ROBERT. *(Con soltura).* Ese episodio de tu pasado está olvidado. Fue un acto impulsivo. Todos somos impulsivos.

RICHARD. *(Lo mira fijamente).* Hace nueve años lo llamaste un «acto de locura». Me dijiste que me estaba colgando una piedra al cuello.

ROBERT. Me equivoqué. *(Con afabilidad).* Así son las cosas ahora, Richard. Todo el mundo sabe que hace años te escapaste con una chica…, ¿cómo decirlo?…, con una chica que no estaba exactamente a tu nivel. *(Con tono benévolo).* Perdóname, Richard, esa no es ni mi opinión ni mi forma de hablar. No hago más que usar el lenguaje de personas cuya opinión no comparto.

RICHARD. Como si escribieras uno de tus editoriales.

ROBERT. Se podría decir, sí. En fin, aquello causó un gran escándalo en su día. Misteriosa desaparición. Y mi nombre se vio involucrado, digamos que como padrino del famoso acontecimiento. Por supuesto, piensan que actué por un sentido de la amistad mal entendido. En fin, todo esto se sabe. *(Con cierta vacilación)*. Pero lo que pasó después no lo sabe nadie.

RICHARD. ¿No?

ROBERT. Por supuesto que no, eso es solo asunto tuyo, Richard. Pero hoy no eres tan joven como lo fuiste un día. Este tono es un poco del estilo de mis editoriales, ¿no te parece?

RICHARD. ¿Quieres o no que desmienta mi vida pasada?

ROBERT. Yo pienso en tu vida futura, en tu vida aquí. Comprendo tu orgullo y tu sentido de la libertad. Y también comprendo el punto de vista de ellos. Pero existe una solución. En dos palabras. No contradigas ningún rumor que oigas sobre lo que pasó… o sobre lo que no pasó después de que te fueras. Yo me encargo del resto.

RICHARD. ¿Vas tú a hacer circular esos rumores?

ROBERT. Eso voy a hacer. Con la ayuda de Dios.

RICHARD. *(Observándolo)*. ¿Y eso por las convenciones sociales?

ROBERT. Y también por algo más…, por nuestra amistad, por nuestra amistad de toda la vida.

RICHARD. Pues gracias.

ROBERT. *(Ligeramente herido)*. Y te voy a decir toda la verdad.

RICHARD. *(Sonríe y asiente)*. Sí. Dímela, por favor.

ROBERT. No solo lo hago por ti. Sino también por… por la actual compañera de tu vida.

RICHARD. Entiendo.

> *(Aplasta suavemente su cigarrillo en el cenicero y después se inclina hacia delante, frotándose las manos despacio).*

RICHARD. Y ¿por qué por ella?

ROBERT. *(También se inclina hacia delante, tranquilamente)*. Richard, ¿has sido justo con ella? Fue su libre decisión, dirás. Pero ¿era de verdad libre para decidir? No era más que una niña. Aceptó todo lo que propusiste.

RICHARD. *(Sonríe)*. Esa es tu forma de decir que ella propuso algo que yo no quise aceptar.

ROBERT. *(Asiente)*. Me acuerdo. Y se marchó contigo. Pero ¿fue una decisión libre? Respóndeme con franqueza.

RICHARD. *(Se vuelve hacia él, con calma)*. Aposté por ella contra todo lo que dices o puedas decir. Y gané.

ROBERT. *(Asintiendo de nuevo)*. Sí, ganaste.

RICHARD. *(Se pone en pie)*. Perdona, me he descuidado. ¿Quieres un whisky?

ROBERT. Todo llega para quien sabe esperar.

> *(Richard va hasta el aparador, vuelve trayendo una pequeña bandeja con un decantador y vasos y la deja en la mesa)*.

RICHARD. *(Se sienta de nuevo en el sofá, se recuesta)*. ¿Puedes servirte tú mismo, por favor?

ROBERT. *(Se sirve)*. ¿Y tú? ¿Te mantienes firme? *(Richard niega con la cabeza)*. Madre mía, cuando pienso en nuestras noches locas de entonces… Horas y horas hablando, haciendo planes, y venga juergas y jolgorio…

RICHARD. En nuestra casa.

ROBERT. Ahora es mía. La mantengo desde entonces, aunque no voy mucho. Cuando quieras venir, solo tienes que decirlo. Una noche de estas tendrías que venir. Será otra vez como en los viejos tiempos. *(Levanta su vaso y bebe)*. Prosit!

RICHARD. No era solo una casa para juergas. Iba a ser el fuego del hogar para una vida nueva. *(Cavilando)*. Y en nombre de esa idea cometimos todos nuestros pecados.

ROBERT. ¡Pecados! Beber y blasfemar *(se señala)* yo. Y beber y soltar herejías, mucho peor *(lo señala)*, tú... ¿A esos pecados te refieres?

RICHARD. Y a otros.

ROBERT. *(Con levedad, incómodo)*. Te refieres a las mujeres. Yo no tengo remordimientos de conciencia. Quizá tú sí tienes. Teníamos dos llaves en esas ocasiones. *(Maliciosamente)*. ¿Tienes o no tienes?

RICHARD. *(Irritado)*. ¿Para ti era todo muy natural?

ROBERT. Para mí es muy natural besar a una mujer que me gusta. ¿Por qué no? Si me parece hermosa.

RICHARD. *(Manoseando un almohadón del sofá)*. ¿Besas todo lo que te parece hermoso?

ROBERT. Todo... si es que se puede besar. *(Coge una piedra plana que hay sobre la mesa)*. Esta piedra, por ejemplo. Tan fresca, tan lisa, tan delicada, como la sien de una mujer. No dice nada. Sufre nuestra pasión. Y es hermosa. *(Se la pone contra los labios)*. Así que la beso porque es hermosa. Y ¿qué es una mujer? También es una obra de la naturaleza, como una piedra o una flor o un pájaro. Un beso es un acto de homenaje.

RICHARD. Un beso es un acto de unión entre un hombre y una mujer. Pero, aunque a menudo el sentido de la belleza nos conduce al deseo, ¿podrías decir que lo hermoso es lo que deseamos?

ROBERT. *(Apretándose la piedra contra la frente)*. Me vas a dar dolor de cabeza si me haces pensar hoy. Hoy no puedo pensar. Me siento demasiado natural, demasiado vulgar. A fin de cuentas, ¿qué es lo más atractivo incluso en la mujer más bella?

RICHARD. ¿Qué?

ROBERT. No las cualidades que ella posee y otras mujeres no, sino precisamente las cualidades vulgares que tiene en común con las otras. Me refiero a… las más vulgares. *(Le da la vuelta a la piedra y presiona el otro lado contra su frente).* Me refiero a la forma en que su cuerpo genera calor al apretarlo, al movimiento de su sangre, a la rapidez con que, mediante la digestión, transforma lo que come en… en lo que no debe nombrarse. *(Riendo).* Hoy estoy muy vulgar. ¿Nunca se te había ocurrido esa idea?

RICHARD. *(Con sequedad).* A un hombre se le ocurren muchas ideas cuando ha vivido nueve años con una mujer.

ROBERT. Sí. Supongo que sí… Esta preciosa piedra fresca me alivia. ¿Es un pisapapeles o un remedio para el dolor de cabeza?

RICHARD. Bertha la trajo un día de la playa. Ella también dice que es preciosa.

ROBERT. *(Deja tranquilamente la piedra).* Pues tiene razón.

(Levanta su vaso y bebe. Pausa).

RICHARD. ¿Eso es todo lo que querías decirme?

ROBERT. *(Rápidamente).* Una cosa más. El vicerrector te invita a través de mí… a cenar en su casa esta noche. ¿Sabes dónde vive? *(Richard asiente).* Pensé que quizá no te acordabas. Estrictamente en privado, por supuesto. Quiere verte y te envía una cordial invitación.

RICHARD. ¿A qué hora?

ROBERT. A las ocho; pero él es como tú, libre y despreocupado con el tiempo. Escucha, Richard, tienes que ir. Y ya está. Estoy seguro de que esta noche va a ser un punto de inflexión en tu vida. Vivirás aquí y trabajarás aquí y pensarás aquí y recibirás honores aquí, entre tu gente.

RICHARD. *(Sonriendo)*. Ya casi puedo ver a dos delegados, dentro de cien años, zarpando desde Estados Unidos con la intención de recaudar fondos para mi estatua.

ROBERT. *(En tono concomitante)*. Una vez compuse un pequeño epigrama sobre estatuas. Todas las estatuas se dividen en dos tipos. *(Se cruza de brazos)*. La estatua que dice: «¿Cómo puedo bajar de aquí?». Y el otro tipo. *(Descruza los brazos y extiende el derecho al tiempo que aparta la mirada)*. La estatua que dice: «En mis tiempos el estercolero era así de alto».

RICHARD. Para mí el segundo, por favor.

ROBERT. *(Con indolencia)*. ¿Me darías uno de esos cigarros alargados tuyos?

> *(Richard escoge un cigarro de Virginia de la cigarrera que hay en la mesa y se lo pasa con la pajilla extraída)*.

ROBERT. *(Encendiéndolo)*. Estos cigarros me europeízan. Si Irlanda ha de convertirse en una nueva Irlanda, primero debe hacerse europea. Y para eso estás tú aquí, Richard. Algún día tendremos que elegir entre Inglaterra y Europa. Yo soy descendiente de los oscuros bárbaros, por eso me gusta esta casa. Puede que sea infantil, pero ¿en qué otro lugar de Dublín podría conseguir un puro de bandolero como este y una taza de café negro? El hombre que tome café negro conquistará Irlanda. Y ahora, Richard, me tomaría medio vasito de ese whisky para demostrar que no te guardo rencor.

RICHARD. *(Señala)*. Sírvete tú mismo.

ROBERT. *(Se sirve)*. Gracias. *(Bebe y sigue hablando como antes)*. Y además estás tú, ahí repantigado en el sofá. Y tu voz de muchacho, y también… la propia Bertha. ¿Me permites que la llame así, Richard? Es decir, como viejo amigo de los dos.

RICHARD. ¿Por qué no?

ROBERT. *(Con animación).* Tú tienes esa feroz indignación que laceraba el corazón de Swift.* Has caído desde un mundo más alto, Richard, y estás lleno de feroz indignación al ver que la vida es cobarde e innoble. Mientras que yo… ¿Te lo digo?

RICHARD. Faltaría más.

ROBERT. *(Con tono malicioso).* Yo he ascendido desde un mundo inferior, y cuando veo que la gente posee la más mínima virtud redentora me lleno de admiración.

RICHARD. *(Se incorpora de pronto y apoya los codos en la mesa).* Entonces ¿eres mi amigo?

ROBERT. *(Gravemente).* Luché por ti sin cesar mientras estuviste fuera. Luché para que volvieras. Luché para guardarte el sitio. Y seguiré luchando por ti porque tengo fe en ti, la fe de un discípulo en su maestro. Eso es todo lo que puedo decir. Quizá te parezca extraño… Dame una cerilla.

RICHARD. *(Enciende una cerilla y se la tiende).* Hay una fe aún más extraña que la fe del discípulo en su maestro.

ROBERT. ¿Y cuál es?

RICHARD. La fe de un maestro en el discípulo que lo va a traicionar.

ROBERT. Contigo la iglesia pierde un teólogo, Richard. Pero creo que examinas la vida con demasiada profundidad. *(Se levanta, le aprieta levemente el brazo).* Ponte contento. La vida no es para tanto.

RICHARD. *(Sin levantarse).* ¿Te vas?

ROBERT. Tengo que irme. *(Se vuelve y dice con tono amigable).* Entonces está todo acordado. Nos vemos esta noche en la

---

* Referencia al epitafio de Jonathan Swift: «Here is laid the body of Jonathan Swift […], where fierce Indignation can no longer lacerate his Heart». *(N. del T.)*

casa del vicerrector. Yo me pasaré sobre las diez. Así tenéis antes una hora para vosotros. Espérame.

RICHARD. Bien.

ROBERT. Una cerilla más y soy feliz.

> *(Richard rasca otra cerilla, se la pasa y también se pone en pie. Archie entra por la puerta de la izquierda seguido de Beatrice).*

ROBERT. Felicítame, Beatty. He convencido a Richard.

ARCHIE. *(Va hasta la puerta de la derecha).* Mamá, la señorita Justice se va.

BEATRICE. ¿Y por qué hay que felicitarte?

ROBERT. Por una victoria, como es obvio. *(Poniendo levemente la mano en el hombro de Richard).* El descendiente de Archibald Hamilton Rowan ha vuelto a casa.*

RICHARD. Yo no soy descendiente de Hamilton Rowan.

ROBERT. ¿Y eso qué importa?

> *(Bertha entra por la derecha con un búcaro de rosas).*

BEATRICE. ¿Entonces el señor Rowan ha…?

ROBERT. *(Volviéndose hacia Bertha).* Richard viene esta noche a la cena del vicerrector. Nos comeremos el ternero cebado; al horno, espero.** Y en la siguiente sesión podrá verse al descendiente de un tocayo de etcétera, etcétera en una cátedra de la universidad. *(Le tiende la mano).* Buenas tardes, Richard. Nos vemos esta noche.

---

* Archibald Hamilton Rowan (1751-1834), famoso reformista demócrata, independentista y exiliado irlandés. *(N. del T.)*
** Referencia a la parábola del hijo pródigo, Lucas 15, 23. *(N. del T.)*

RICHARD. En Filipos.*

BEATRICE. *(Dándole también la mano)*. Le deseo lo mejor, señor Rowan.

RICHARD. Gracias. Pero no crea lo que dice él.

ROBERT. *(Con vivacidad)*. Créeme, créeme. *(A Bertha)*. Buenas tardes, señora Rowan.

BERTHA. *(Dándole la mano, con tono franco)*. Yo también le doy las gracias. *(A Beatrice)*. ¿No se queda a tomar el té, señorita Justice?

BEATRICE. No, gracias. *(Se despide de ella)*. Tengo que irme. Buenas tardes. Adiós, Archie. *(Yéndose)*.

ROBERT. *Addio*, Archibald.

ARCHIE. *Addio*.

ROBERT. Espera, Beatty. Te acompaño.

BEATRICE. *(Yendo hacia la izquierda con Bertha)*. Oh, no te preocupes.

ROBERT. *(Siguiéndola)*. Insisto… como primo.

> *(Bertha, Beatrice y Robert salen por la puerta de la izquierda. Richard se queda de pie, indeciso, junto a la mesa. Archie cierra la puerta del vestíbulo y, acercándose a él, le tira de la manga)*.

ARCHIE. Oye, papi.

RICHARD. *(Distraído)*. Dime.

ARCHIE. ¿Te puedo pedir una cosa?

RICHARD. *(Se sienta en el borde del sofá, con la mirada perdida)*. Dime.

---

* Referencia a Shakespeare, *Julio César*, IV, 3: el fantasma de César emplaza a Bruto a la ciudad de Filipos, donde los ejércitos de los asesinos de César fueron derrotados. *(N. del T.)*

ARCHIE. ¿Le podrías pedir a mamá que me deje ir por la mañana con el lechero?

RICHARD. ¿Con el lechero?

ARCHIE. Sí. En la carreta del lechero. Dice que me va a dejar coger las riendas cuando estemos en los caminos por donde no pasa nadie. Su caballo es muy buen animal. ¿Puedo ir?

RICHARD. Sí.

ARCHIE. Dile a mamá si puedo. ¿Vale?

RICHARD. *(Mira hacia la puerta).* Se lo diré.

ARCHIE. Dice que me va a enseñar las vacas que tiene en el campo. ¿Sabes cuántas vacas tiene?

RICHARD. ¿Cuántas?

ARCHIE. Once. Ocho rojas y tres blancas. Pero una ahora está enferma. No, enferma no. Pero se cayó.

RICHARD. ¿Vacas?

ARCHIE. *(Con un gesto).* ¡Ja! Toros no. Porque los toros no dan leche. Once vacas. Deben de dar mucha leche. ¿Por qué dan leche las vacas?

RICHARD. *(Lo coge de la mano).* ¿Quién sabe? ¿Tú entiendes qué significa dar algo?

ARCHIE. ¿Dar? Sí.

RICHARD. Cuando tienes una cosa, te la pueden quitar.

ARCHIE. Los ladrones, ¿no?

RICHARD. Pero, cuando la das, ya la has dado. Ya no te la puede quitar ningún ladrón. *(Inclina la cabeza y aprieta la mano de su hijo contra su mejilla).* Es tuya para siempre cuando la das. Será tuya para siempre. Eso significa dar.

ARCHIE. Pero, papá…

RICHARD. ¿Sí?

ARCHIE. ¿Cómo iba a robar una vaca un ladrón? Todo el mundo lo vería. A lo mejor por la noche.

RICHARD. Por la noche. Sí.

ARCHIE. ¿Aquí hay ladrones como en Roma?

RICHARD. Hay gente pobre en todas partes.

ARCHIE. ¿Y tienen pistolas?

RICHARD. No.

ARCHIE. ¿Y cuchillos? ¿Tienen cuchillos?

RICHARD. *(Con severidad).* Sí, sí. Cuchillos y pistolas.

ARCHIE. *(Se separa de él).* Díselo ahora a mamá, que ya viene.

RICHARD. *(Hace ademán de levantarse).* Se lo diré.

ARCHIE. No, quédate ahí sentado, papi. Esperas y se lo dices cuando vuelva. Yo no estaré aquí. Estaré en el jardín.

RICHARD. *(Dejándose caer de nuevo).* Sí. Ve.

ARCHIE. *(Lo besa rápidamente).* Gracias.

> *(Sale corriendo deprisa por la puerta del fondo que da al jardín. Bertha entra por la puerta de la izquierda. Se acerca a la mesa y se queda al lado palpando los pétalos de las rosas, mirando a Richard).*

RICHARD. *(Observándola).* ¿Y bien?

BERTHA. *(Con gesto ausente).* Bien. Dice que siente aprecio por mí.

RICHARD. *(Apoya la barbilla en una mano).* ¿Le enseñaste su nota?

BERTHA. Sí. Le pregunté qué significa.

RICHARD. ¿Y qué dijo que significa?

BERTHA. Dijo que yo debería saberlo. Yo le dije que me hacía una idea. Entonces me dijo que siente un gran aprecio por mí, que soy muy hermosa… ya sabes.

RICHARD. ¿Desde cuándo?

BERTHA. *(De nuevo con gesto ausente).* ¿Desde cuándo… qué?

RICHARD. ¿Desde cuándo dijo que siente aprecio por ti?

BERTHA. Desde siempre, dijo. Pero más desde que hemos vuelto. Dijo que yo era como la luna con este vestido lavanda. _(Mirando a Richard)._ ¿Has hablado con él… sobre mí?

RICHARD. _(Débilmente)._ Hemos hablado de lo de siempre. De ti no.

BERTHA. Estaba muy nervioso. ¿Te has dado cuenta?

RICHARD. Sí. Me he dado cuenta. ¿Qué más pasó?

BERTHA. Me pidió que le diera mi mano.

RICHARD. _(Sonriendo)._ ¿En matrimonio?

BERTHA. _(Sonriendo)._ No, solo para cogerla.

RICHARD. ¿Y se la diste?

BERTHA. Sí. _(Arrancando algunos pétalos)._ Después me acarició la mano y me pidió que le dejara besarla. Le dejé.

RICHARD. ¿Y?

BERTHA. Después me preguntó si podía abrazarme… solo una vez… Y entonces…

RICHARD. ¿Y entonces?

BERTHA. Me estrechó entre sus brazos.

RICHARD. _(Mira al suelo un instante; luego la mira a ella de nuevo)._ ¿Y después?

BERTHA. Dijo que mis ojos eran hermosos. Y me preguntó si podía besarlos. _(Con un gesto)._ Yo le dije: «Puedes».

RICHARD. ¿Y te los besó?

BERTHA. Sí. Primero uno y después el otro. _(Se interrumpe de pronto)._ Pero dime la verdad, Dick, ¿no te molesta todo esto? Porque ya te he dicho que eso es lo último que quiero. Me parece que solo estás fingiendo que no te importa. A mí no me importa.

RICHARD. _(Tranquilamente)._ Ya lo sé, cariño. Pero quiero saber qué es lo que pretende tanto como tú.

BERTHA. _(Lo señala)._ Recuerda que tú me permitiste seguir con esto. Yo te lo he contado todo desde el principio.

RICHARD. *(Como antes)*. Ya lo sé, cariño… ¿Y qué pasó después?

BERTHA. Me pidió un beso. Yo le dije: «Tómalo».

RICHARD. ¿Y después?

BERTHA. *(Aplastando un puñado de pétalos)*. Me besó.

RICHARD. ¿En la boca?

BERTHA. Una o dos veces.

RICHARD. ¿Besos largos?

BERTHA. Bastante largos. *(Reflexiona)*. El último, sí.

RICHARD. *(Se frota las manos despacio; después)*. ¿Con los labios? ¿O… de la otra forma?

BERTHA. Sí, la última vez.

RICHARD. ¿Te pidió que le besaras tú a él?

BERTHA. Sí, me lo pidió.

RICHARD. ¿Y qué hiciste?

BERTHA. *(Titubea; después mirándole directamente)*. Sí. Lo besé.

RICHARD. ¿Cómo?

BERTHA. *(Encogiéndose de hombros)*. Lo normal.

RICHARD. ¿Estabas excitada?

BERTHA. Bueno, ya te imaginas. *(Frunciendo el ceño de pronto)*. No mucho. No tiene buenos labios… Aun así, estaba excitada, claro. Pero no como contigo, Dick.

RICHARD. ¿Y él?

BERTHA. ¿Si estaba excitado? Sí, creo que sí. Daba suspiros. Y estaba nerviosísimo.

RICHARD. *(Apoyando la frente en una mano)*. Entiendo.

BERTHA. *(Va en dirección al sofá y se queda de pie junto a él)*. ¿Tienes celos?

RICHARD. *(Como antes)*. No.

BERTHA. *(Tranquilamente)*. Sí que tienes, Dick.

RICHARD. No tengo. ¿De qué iba a tener celos?

BERTHA. De que me haya besado.

RICHARD. *(Alzando la mirada)*. ¿Algo más?

BERTHA. No, eso es todo. Aunque también me ha pedido que me encuentre con él.

RICHARD. ¿Para salir a algún lugar?

BERTHA. No. En su casa.

RICHARD. *(Sorprendido)*. ¿Allí, con su madre?

BERTHA. No, en una casa que tiene. Me ha escrito la dirección.

> *(Va al escritorio, saca la llave del florero, abre el cajón y vuelve con la hoja de papel).*

RICHARD. *(A medias para sí mismo)*. En nuestro chalecito.

BERTHA. *(Le tiende el papel)*. Ten.

RICHARD. *(Lee)*. Sí. Nuestro chalecito.

BERTHA. ¿Vuestro…?

RICHARD. No, es suyo. Yo lo llamo nuestro. *(Mirándola)*. El chalecito del que tanto te he hablado, del que teníamos dos llaves, él y yo. Ahora es suyo. Allí solíamos celebrar nuestras noches locas en aquellos tiempos, hablando, bebiendo, haciendo planes. Noches locas, sí. Los dos, él y yo. *(Tira el papel al sofá y se levanta de pronto)*. Y a veces yo solo. *(La mira fijamente)*. Pero no exactamente solo. Te lo conté. ¿Te acuerdas?

BERTHA. *(Espantada)*. ¿Ese lugar?

RICHARD. *(Se aleja unos pasos y se queda quieto, pensando, sujetándose la barbilla)*. Sí.

BERTHA. *(Cogiendo de nuevo el papel)*. ¿Dónde está?

RICHARD. ¿No lo sabes?

BERTHA. Me dijo que cogiera el tranvía en Lansdowne Road y que le pidiese al revisor que me avisara al llegar. ¿Es… es una mala zona?

RICHARD. No, no. Chalecitos. *(Regresa al sofá y se sienta)*. ¿Qué le respondiste?

BERTHA. Nada. Me dijo que me esperaría.

RICHARD. ¿Esta noche?

BERTHA. Cada noche, me dijo. Entre las ocho y las nueve.

RICHARD. De modo que yo tengo que ir esta noche a entrevistarme con… el profesor. Para arrodillarme por ese puesto. *(Mirándola)*. Él mismo ha concertado la entrevista para esta noche, entre las ocho y las nueve. Curioso, ¿verdad? A la misma hora.

BERTHA. Mucho.

RICHARD. ¿Te preguntó si yo sospechaba algo?

BERTHA. No.

RICHARD. ¿Mencionó mi nombre?

BERTHA. No.

RICHARD. ¿Ni una vez?

BERTHA. No que yo recuerde.

RICHARD. *(Poniéndose en pie de un salto)*. ¡Muy bien! ¡Está clarísimo!

BERTHA. ¿Qué?

RICHARD. *(Caminando a zancadas de un lado a otro)*. ¡Un mentiroso, un ladrón y un imbécil! ¡Está clarísimo! ¡Un vulgar ladrón! ¿Qué otra cosa podría ser? *(Con una risa amarga)*. ¡Mi gran amigo! ¡Y encima un patriota! Un ladrón… ¡y nada más! *(Se detiene, se mete las manos en los bolsillos)*. ¡Pero también un imbécil!

BERTHA. *(Mirándolo)*. ¿Qué vas a hacer?

RICHARD. *(Secamente)*. Ir tras él. Encontrarlo. Decírselo. *(Con calma)*. Bastarán unas pocas palabras. Ladrón e imbécil.

BERTHA. *(Tira el papel al sofá)*. ¡Ahora lo veo todo claro!

RICHARD. *(Volviéndose)*. ¿Eh?

BERTHA. *(Acalorada)*. ¡Esto es obra de un demonio!

RICHARD. ¿Te refieres a él?

BERTHA. *(Volviéndose contra él)*. No, ¡a ti! Obra de un demonio volverle a él contra mí como intentaste volver a mi propio hijo contra mí. Aunque no lo conseguiste.

RICHARD. ¿Cómo dices? En nombre de Dios, ¿cómo dices?

BERTHA. *(Excitadamente)*. Sí, sí. Lo que oyes. Todo el mundo lo veía. Cada vez que trataba de corregirlo por la cosa más mínima venías tú con tus disparates, hablando con él como si fuera un adulto. Malcriando al pobre niño, o intentándolo. Y después por supuesto yo era la madre cruel y solo tú lo querías. *(Con creciente excitación)*. Pero no lo has vuelto contra mí, contra su propia madre. ¿Y sabes por qué? Porque ese niño tiene mucho carácter.

RICHARD. Yo nunca he intentado hacer nada parecido, Bertha. Ya sabes que no puedo ser severo con un niño.

BERTHA. Porque tú nunca quisiste a tu madre. Una madre es siempre una madre, pase lo que pase. Jamás he oído hablar de un ser humano que no quisiera a la madre que lo trajo al mundo, aparte de ti.

RICHARD. *(Acercándose a ella; tranquilamente)*. Bertha, no digas cosas de las que después te vas a arrepentir. ¿No te alegra que mi hijo me tenga cariño?

BERTHA. ¿Y quién le enseñó a tenértelo? ¿Quién le enseñó a correr hacia ti cuando llegabas? ¿Quién le decía que le traerías juguetes cuando estabas fuera vagando bajo la lluvia, olvidado por completo de él… y de mí? Yo fui. Yo le enseñé a quererte.

RICHARD. Sí, cariño. Ya sé que fuiste tú.

BERTHA. *(Casi llorando)*. Y después intentas volver a todo el mundo en mi contra. Todo tiene que ser para ti. Y yo tengo que parecer falsa y cruel para todos excepto para ti. Porque tú te aprovechas de mi simplicidad como hiciste… la primera vez.

RICHARD. *(Con violencia)*. ¡Y tienes el valor de decirme eso a la cara!

BERTHA. *(Enfrentándose a él)*. ¡Sí, lo tengo! Entonces y ahora. Crees que porque soy ingenua puedes hacer lo que quieras conmigo. *(Gesticulando)*. Y ahora ve tras él. Insúltale. Humíllale ante ti y haz que me desprecie. ¡Ve tras él!

RICHARD. *(Controlándose)*. Olvidas que te he dado total libertad, y te la sigo dando.

BERTHA. *(Con desprecio)*. ¡Libertad!

RICHARD. Sí, completa. Pero él tiene que saber que yo lo sé. *(Con más calma)*. Hablaré con él tranquilamente. *(Implorante)*. Bertha, ¡créeme, cariño! No son celos. Tienes plena libertad para hacer lo que quieras, la tenéis los dos. Pero no así. Él no te despreciará. Tú no quieres engañarme o fingir que me engañas… con él, ¿verdad?

BERTHA. No, no quiero. *(Mirándolo de hito en hito)*. ¿Quién de nosotros dos es el que engaña?

RICHARD. ¿Qué dos? ¿Quieres decir tú y yo?

BERTHA. *(Con tono calmado y decidido)*. Ya sé por qué me has permitido eso que tú llamas plena libertad.

RICHARD. ¿Por qué?

BERTHA. Para tener tú plena libertad con… esa chica.

RICHARD. *(Irritado)*. Pero, Dios santo, tú ya sabes todo eso desde hace mucho tiempo. Nunca te lo he ocultado.

BERTHA. Sí que lo ocultaste. Yo creía que lo vuestro era una especie de amistad…, hasta que vinimos y vi lo que pasaba.

RICHARD. Pero eso es lo que es, Bertha.

BERTHA. *(Niega con la cabeza)*. No, no. Es mucho más y por eso me das plena libertad. Todas esas cosas que te pasas la noche despierto escribiendo. *(Señalando el estudio)*. Ahí dentro, sobre ella. ¿Llamas a eso amistad?

RICHARD. Tienes que creerme, Bertha. Creerme como yo te creo a ti.

BERTHA. *(Con un gesto impulsivo)*. Dios mío, ¡pero si está claro! Pero ¡si lo sé! ¿Qué puede haber entre vosotros dos si no es amor?

RICHARD. *(Con calma)*. Estás intentando meterme esa idea en la cabeza, pero te advierto que yo no tomo mis ideas de otras personas.

BERTHA. *(Acaloradamente)*. ¡Lo es! ¡Lo es! Y por eso le permites a él que siga. ¡Pues claro! A ti no te afecta. Tú la amas a ella.

RICHARD. ¡Amarla! *(Alza las manos con un suspiro y se aleja de ella)*. No puedo discutir contigo.

BERTHA. No puedes porque tengo razón. *(Dando unos pasos para seguirle)*. ¿Qué diría cualquier otra persona?

RICHARD. *(Se vuelve hacia ella)*. ¿Crees que eso me importa?

BERTHA. Pero a mí sí me importa. ¿Qué diría él si lo supiera? Tú que hablas tanto de los elevados sentimientos que tienes por mí, expresándote de la misma manera con otra mujer. Si lo hiciera él u otros hombres podría entenderlo, porque son todos unos mentirosos y unos hipócritas. ¡Pero tú, Dick! ¿Por qué no se lo cuentas a él?

RICHARD. Puedes contárselo tú si quieres.

BERTHA. Se lo contaré. No te quepa duda.

RICHARD. *(Fríamente)*. Él te lo explicará todo.

BERTHA. Él no dice una cosa y hace otra. Él es honesto a su manera.

RICHARD. *(Coge una rosa y se la tira a los pies)*. ¡Ya lo creo que sí! ¡Es el honor en persona!

BERTHA. Puedes burlarte de él todo lo que quieras. Comprendo ese asunto tuyo mucho mejor de lo que crees. Y también lo entenderá él. Años escribiéndole esas largas cartas y ella a ti. Años. Pero desde que he vuelto, ya lo entiendo todo, y perfectamente.

RICHARD. No lo entiendes. Y él tampoco lo entendería.

BERTHA. *(Se ríe despectivamente).* Por supuesto. Ni él ni yo podemos entenderlo. Solo ella. ¡Porque es una cosa muy profunda!

RICHARD. *(Iracundo).* ¡Ni tú ni él! ¡Y ella tampoco! ¡Ninguno de vosotros!

BERTHA. *(Con gran amargura).* ¡Ella sí! ¡Ella lo entenderá! ¡La pobre enferma!

> *(Se da la vuelta y camina hacia la pequeña mesa de la derecha. Richard contiene un gesto súbito. Breve pausa).*

RICHARD. *(Gravemente).* Bertha, ¡ten cuidado con decir cosas como esa!

BERTHA. *(Se da la vuelta con ansiedad).* No lo digo con mala intención. Tengo más compasión por ella que tú porque yo soy mujer. Sinceramente. Pero lo que digo es verdad.

RICHARD. Pero ¿es generoso? Piénsalo.

BERTHA. *(Señalando en dirección al jardín).* Es ella la que no es generosa. Y ahora escucha bien lo que te voy a decir.

RICHARD. ¿Qué?

BERTHA. *(Se acerca; en un tono más calmado).* Le has dado mucho a esa mujer, Richard. Y quizá ella lo merezca. Y quizá también pueda entenderlo todo. Sé que es de esas.

RICHARD. ¿Eso crees?

BERTHA. Sí. Pero creo que a cambio obtendrás muy poco de ella… o de cualquiera de su clan. Acuérdate de lo que te digo, Dick. Porque ella no es generosa, y ellas no son generosas. ¿Está muy mal lo que digo? ¿Está muy mal?

RICHARD. *(Con tono sombrío).* No. En absoluto.

> *(Ella se agacha, coge la rosa del suelo y la vuelve a poner en el búcaro. Él la observa. Brigid aparece por la puerta plegable de la derecha).*

BRIGID. El té está servido en la mesa, señora.

BERTHA. Muy bien.

BRIGID. ¿El señorito Archie está en el jardín?

BERTHA. Sí. Dígale que entre.

> *(Brigid cruza la estancia y sale al jardín. Bertha va hacia la puerta de la derecha. Se detiene ante el sofá y coge la hoja).*

BRIGID. *(En el jardín).* ¡Señorito Archie! Hay que entrar a tomar el té.

BERTHA. ¿Debo ir a ese lugar?

RICHARD. ¿Quieres ir?

BERTHA. Quiero saber qué es lo que pretende. ¿Debo ir?

RICHARD. ¿Por qué me preguntas a mí? Decídelo tú.

BERTHA. ¿Me ordenas que vaya?

RICHARD. No.

BERTHA. ¿Me prohíbes que vaya?

RICHARD. No.

BRIGID. *(Desde el jardín).* ¡Venga deprisa, señorito Archie! El té está esperando.

> *(Brigid cruza la estancia y sale por la puerta plegable. Bertha se mete el papel doblado en la cintura del vestido y va lentamente hacia la derecha. Cerca de la puerta se da la vuelta y se detiene).*

BERTHA. Dime que no vaya y no iré.

RICHARD. *(Sin mirarla).* Decídelo tú.

BERTHA. ¿Me culparás después?

RICHARD. *(Con nerviosismo).* ¡No, no! No te culparé. Eres libre. No puedo culparte.

(Archie aparece en la puerta del jardín).

BERTHA. No te engañaré.

(Sale por la puerta plegable. Richard permanece sentado a la mesa. Archie, cuando su madre se ha ido, corre hacia Richard).

ARCHIE. *(Rápidamente).* ¿Y? ¿Le has preguntado?

RICHARD. *(Sobresaltado).* ¿Qué?

ARCHIE. ¿Puedo ir?

RICHARD. Sí.

ARCHIE. ¿Mañana por la mañana? ¿Ha dicho que sí?

RICHARD. Sí. Mañana por la mañana.

(Rodea los hombros de su hijo con el brazo y lo mira con cariño).

Acto II

Sala en el chalecito de Robert Hand en Ranelagh. A la derecha, en primer término, un pequeño piano negro, en cuyo atril hay una partitura abierta. Más hacia el fondo, una puerta que da a la puerta de la calle. En la pared del fondo, una puerta plegable doble, con cortinas oscuras, que da a un dormitorio. Junto al piano, una mesa grande en la que hay una lámpara de petróleo con una amplia pantalla amarilla. Sillas tapizadas cerca de esta mesa. Una pequeña mesa de juego más en primer término. Contra la pared del fondo, una librería. En la pared de la izquierda, hacia el fondo, una ventana que se abre al jardín y, más en primer término, una puerta y un porche que dan también al jardín. Sillones aquí y allá. Plantas en el porche y junto a la puerta plegable cortinada. En las paredes hay numerosos dibujos en blanco y negro enmarcados. En la esquina de la derecha, al fondo, un aparador; y en el centro de la sala, a la izquierda de la mesa, un grupo de objetos que consta de una alta pipa turca, una estufa de petróleo apagada y una mecedora. Es la noche del mismo día.

> *(Robert Hand, con traje de noche, está sentado al piano. Las velas no están encendidas, pero la lámpara de la mesa sí. Toca suavemente en las teclas*

graves los primeros compases de la canción de Wol-
fram en el último acto de Tannhäuser. *Después se*
interrumpe y, apoyando un codo en el borde del
teclado, medita. Después se levanta, saca de detrás
del piano un pulverizador y camina de un lado a
otro lanzando nubes de perfume. Aspira despacio
el aire y vuelve a poner el pulverizador detrás del
piano. Se sienta en una silla junto a la mesa y sus-
pira una o dos veces mientras se alisa cuidadosa-
mente el pelo. Después, se mete las manos en los
bolsillos del pantalón, se inclina hacia atrás, estira
las piernas y espera.

Se oye un golpe en la puerta de la calle. Se pone
rápidamente en pie).

ROBERT. *(Exclama).* ¡Bertha!

(Sale deprisa por la puerta de la derecha. Se oyen
saludos confusos. Al cabo de unos momentos entra
Robert seguido de Richard Rowan, que va vestido
de tweed *gris como antes, pero ahora lleva en una*
mano un sombrero oscuro de fieltro y, en la otra, un
paraguas).

ROBERT. Antes de nada voy a poner esto fuera.

(Coge el sombrero y el paraguas, los deja en el ves-
tíbulo y vuelve).

ROBERT. *(Dándole la vuelta a una silla).* Así que has venido.
Tienes suerte de encontrarme en casa. ¿Por qué no me
avisaste antes? Siempre has sido un demonio con las sor-

presas. Supongo que mi evocación del pasado reanimó tu sangre enloquecida. Mira lo artístico que me he vuelto. *(Señala las paredes)*. El piano fue una adición posterior a tu época. Justo estaba aporreando Wagner cuando has llegado. Matando el tiempo. Ya ves que estoy listo para la batalla. *(Ríe)*. Justo me estaba preguntando cómo os estaríais llevando el vicerrector y tú. *(Con alarma exagerada)*. Pero ¿vas a ir vestido así? Bueno, en fin, supongo que no importa mucho. ¿Cómo vamos de tiempo? *(Saca el reloj)*. Pero ¡si son ya las ocho y veinte!

RICHARD. ¿Tienes una cita?

ROBERT. *(Ríe nerviosamente)*. ¡Desconfiado hasta el final!

RICHARD. ¿Entonces me puedo sentar?

ROBERT. Claro, claro. *(Se sientan los dos)*. Pero unos minutos. Después nos marchamos los dos juntos. No vamos apurados de tiempo. Dijo entre las ocho y las nueve, ¿no? Qué hora será, me pregunto. *(Está a punto de mirar el reloj de nuevo, pero se detiene)*. Ah, sí, las ocho y veinte.

RICHARD. *(Con cansancio y tristeza)*. Tu cita era a la misma hora. Aquí.

ROBERT. ¿Qué cita?

RICHARD. Con Bertha.

ROBERT. *(Lo mira fijamente)*. ¿Estás loco?

RICHARD. ¿Lo estás tú?

ROBERT. *(Tras una larga pausa)*. ¿Quién te lo ha dicho?

RICHARD. Ella.

(Breve silencio).

ROBERT. *(En voz baja)*. Sí. Debo de haberme vuelto loco. *(Rápidamente)*. Escúchame, Richard. Para mí es un gran alivio que hayas venido. El mayor alivio posible. Te aseguro que desde esta tarde he estado pensando y pensando en cómo anularlo todo sin quedar como un imbécil. ¡Qué alivio tan grande! Hasta pensaba escribirte unas palabras… una carta, unas líneas solamente. *(De pronto)*. Pero después ya era demasiado tarde… *(Se pasa la mano por la frente)*. Déjame que hable con franqueza, ¿de acuerdo? Déjame que te lo cuente todo.

RICHARD. Lo sé todo. Lo sé desde hace tiempo.

ROBERT. ¿Desde cuándo?

RICHARD. Desde que empezó todo entre vosotros.

ROBERT. *(Rápidamente)*. Sí, me volví loco. Pero fue solo un aturdimiento. Reconozco que ha sido un error pedirle que venga aquí esta noche. Pero solo es un error. Te lo puedo explicar todo. Y lo voy a hacer. De verdad.

RICHARD. Explícame cuál es la palabra que ansiabas decirle y nunca te atreviste a decirle. Si puedes y quieres.

ROBERT. *(Mira abajo, después levanta la cabeza)*. Sí. Quiero. Admiro mucho la personalidad de tu… de… de tu mujer. Esa es la palabra, puedo decirla. No es ningún secreto.

RICHARD. Entonces ¿por qué querías mantener la seducción en secreto?

ROBERT. ¿Seducción?

RICHARD. Tus avances con ella, poco a poco, día tras día, miradas, susurros. *(Con un movimiento nervioso de las manos)*. *Insomma*, seducción.

ROBERT. *(Desconcertado)*. Pero ¿cómo sabes todo eso?

RICHARD. Ella me lo ha dicho.

ROBERT. ¿Esta tarde?

RICHARD. No. Cada vez, a medida que ocurría.

ROBERT. ¿Lo sabías? ¿Por ella? *(Richard asiente)*. ¿Nos estabas vigilando todo este tiempo?

RICHARD. *(Con extrema frialdad)*. Te estaba vigilando a ti.

ROBERT. *(Deprisa).* Quiero decir que me estabas vigilando a mí. ¡Y no me dijiste nada! Solo tenías que decir una palabra… para salvarme de mí mismo. Me estabas poniendo a prueba. *(Se pasa la mano de nuevo por la frente).* Ha sido una prueba terrible. Y esto también. *(Desesperadamente).* Pero, bueno, ya ha pasado. Me servirá de lección para el resto de mi vida. Ahora me odias por lo que he hecho y por…

RICHARD. *(Tranquilamente, mirándolo).* ¿He dicho yo que te odie?

ROBERT. ¿No me odias? ¿Cómo no ibas a odiarme?

RICHARD. Aunque Bertha no me hubiera dicho nada, yo lo habría sabido. ¿No viste, cuando llegué esta tarde, que entré de pronto en mi estudio un momento?

ROBERT. Sí, me acuerdo.

RICHARD. Fue para darte tiempo a reponerte. Me puse triste al verte los ojos. Y esas rosas. No sabría explicar por qué. Una gran masa de rosas marchitas.

ROBERT. Me pareció que tenía que llevarlas. ¿Quedó raro? *(Mira a Richard con expresión torturada).* ¿Demasiadas quizá? ¿O demasiado viejas, o vulgares?

RICHARD. Fue por eso que no te odié. Todo el asunto me puso triste desde el primer momento.

ROBERT. *(Para sí mismo).* Esto es real. Nos está sucediendo, a nosotros.

> *(Deja la mirada perdida unos instantes, en silencio, como si estuviera mareado; después, sin levantar la cabeza, continúa).*

ROBERT. Y ella también estaba poniéndome a prueba. Haciendo un experimento conmigo en tu beneficio…

RICHARD. Tú conoces a las mujeres mejor que yo. Ella dice que sintió pena por ti.

ROBERT. *(Meditabundo)*. Pena porque ya no soy… un amante ideal. Soy como mis rosas, vulgar, viejo.

RICHARD. Tu corazón es estúpido y errabundo, como el de todos los hombres.

ROBERT. *(Despacio)*. Bueno, por fin has hablado. Has elegido el momento oportuno.

RICHARD. *(Se inclina hacia delante)*. Así no, Robert. Entre nosotros dos, no. Años de amistad, toda una vida. Piensa un momento. Desde la infancia, la adolescencia… No, no. Así no…, como ladrones…, de noche. *(Mirando en torno)*. Y en este lugar. No, Robert, eso no es para personas como nosotros.

ROBERT. ¡Qué lección! Richard, no puedo expresar el alivio que supone para mí que hayas hablado, que el peligro haya pasado. Sí, sí. *(Con cierta reticencia)*. Porque… también había peligro para ti, si lo piensas. ¿No crees?

RICHARD. ¿Qué peligro?

ROBERT. *(Con el mismo tono)*. No sé. Es decir, si no hubieses hablado. Si hubieses seguido vigilando y esperando hasta…

RICHARD. ¿Hasta que qué?

ROBERT. *(Con valentía)*. Hasta que empezara a sentir más y más aprecio por ella —porque te aseguro que hasta ahora esto es solo una idea atolondrada que he tenido—, a sentir un aprecio profundo, y me enamorase de ella. ¿Me habrías hablado entonces como me has hablado ahora? *(Richard guarda silencio. Robert continúa, más envalentonado)*. Habría sido diferente, ¿verdad? Porque habría sido demasiado tarde, mientras que ahora no es demasiado tarde. ¿Qué podría haber dicho en ese caso? Solo podría haber dicho: Eres mi amigo, mi buen y querido amigo. Lo siento mucho, pero la quiero. *(Con un súbito gesto ferviente)*. La quiero y te la arrebataré como sea, porque la quiero.

(Se miran el uno al otro en silencio unos instantes).

RICHARD. *(Con calma).* Ese lenguaje lo he oído muchas veces y nunca me lo he creído. ¿Quieres decir robar a escondidas, o tomar por la fuerza? Robar en mi casa no puedes porque las puertas están abiertas; y no puedes tomar por la fuerza si no existe resistencia.

ROBERT. Olvidas que el reino de los cielos sufre violencia.* Y el reino de los cielos es una mujer.

RICHARD. *(Sonriendo).* Continúa.

ROBERT. *(Tímidamente, pero con osadía).* ¿Piensas que tienes algún derecho sobre ella y sobre su corazón?

RICHARD. Ninguno.

ROBERT. ¿Ni siquiera después de todo lo que has hecho por ella, que es mucho, reclamas nada?

RICHARD. Nada.

ROBERT. *(Tras una pausa se golpea la frente con la mano).* ¿Qué estoy diciendo? ¿Y qué estoy pensando? Me gustaría que me reprendieras, que me maldijeras, que me odiaras como merezco. Tú amas a esa mujer. Recuerdo todo lo que me dijiste hace tanto tiempo. Es tuya, es obra tuya. *(De pronto).* Y por eso yo me sentía atraído por ella. Eres tan fuerte que influyes sobre mí incluso a través de ella.

RICHARD. Yo soy débil.

ROBERT. *(Con entusiasmo).* ¡Tú, Richard! Tú eres la encarnación de la fuerza.

RICHARD. *(Tiende las manos).* Toca estas manos.

ROBERT. *(Cogiendo sus manos).* Sí. Las mías son más fuertes. Pero yo hablo de otro tipo de fuerza.

---

* Mateo 11,12: «El reino de los cielos sufre violencia, y los violentos lo conquistan por la fuerza». *(N. del T.)*

RICHARD. *(Con tono sombrío)*. Creo que habrías intentado llevártela a la fuerza.

(Retira lentamente las manos).

ROBERT. *(Rápidamente)*. Son momentos de pura locura en los que sentimos una intensa pasión por una mujer. No vemos nada. No pensamos en nada. Solo en poseerla. Llámalo brutal, bestial, lo que quieras.

RICHARD. *(Con cierta timidez)*. Me temo que ese anhelo de poseer a una mujer no es amor.

ROBERT. *(Con impaciencia)*. Ningún hombre ha vivido en esta tierra que no haya anhelado poseer... quiero decir poseer en la carne... a la mujer que ama. Es la ley de la naturaleza.

RICHARD. *(Con desprecio)*. ¿Y eso qué me importa? ¿He votado yo esa ley?

ROBERT. Pero si amas..., ¿qué otra cosa puedes desear?

RICHARD. *(Vacilante)*. Su bien.

ROBERT. *(Afectuosamente)*. Pero la pasión que nos abrasa día y noche por poseerla. Tú la sientes tanto como yo. Y no es lo que acabas de decir.

RICHARD. ¿Has tenido...? *(Se detiene un instante)*. ¿Has tenido alguna vez la luminosa certidumbre de que el tuyo es el cerebro en contacto con el cual ella debe pensar, y que el tuyo es el cuerpo en contacto con el cual su cuerpo debe sentir? ¿Has tenido tú esa certidumbre?

ROBERT. ¿Y tú?

RICHARD. *(Emocionado)*. Una vez la tuve, Robert; una certidumbre tan luminosa como la de mi propia existencia... o una ilusión tan luminosa.

ROBERT. *(Cauteloso)*. ¿Y ahora?

RICHARD. Si tú la hubieras tenido y yo pudiera sentir que la has tenido, incluso ahora…

ROBERT. ¿Qué harías?

RICHARD. *(Tranquilamente)*. Irme. Tú, y no yo, serías necesario para ella. Irme solo, como lo estaba antes de conocerla.

ROBERT. *(Se frota las manos con nerviosismo)*. ¡Menudo peso en mi conciencia!

RICHARD. *(Abstraído)*. Esta tarde, cuando viniste a casa, viste a mi hijo. Me lo dijo. ¿Qué sentiste?

ROBERT. *(Enseguida)*. Gozo.

RICHARD. ¿Nada más?

ROBERT. Nada más. A no ser que pensara dos cosas al mismo tiempo. Yo soy así. Si viera a mi mejor amigo tumbado en su ataúd y su cara tuviera una expresión cómica, sonreiría. *(Con un pequeño gesto de desesperación)*. Yo soy así. Pero también sufriría, y profundamente.

RICHARD. Has hablado de conciencia… ¿Te pareció solo un niño, o un ángel?

ROBERT. *(Niega con la cabeza)*. No. Ni ángel ni anglosajón. Dos cosas, por cierto, por las que siento muy poca simpatía.

RICHARD. Entonces ¿nunca? ¿Ni siquiera… con ella? Dímelo. Quiero saberlo.

ROBERT. En mi fuero interno siento otra cosa. Yo creo que el último día, si es que llega, cuando estemos todos reunidos, el Todopoderoso nos hablará de la siguiente manera. Nosotros diremos que hemos vivido castamente con una sola persona…

RICHARD. *(Con amargura)*. ¿Mentirle a Él?

ROBERT. O que lo intentamos. Y Él nos dirá: ¡Imbéciles! ¿Quién os dijo que debíais entregaros a un solo ser? Os hice para que os entregarais libremente a muchos. Escribí esa ley con Mi dedo en vuestro corazón.

RICHARD. ¿Y también en el corazón de la mujer?

ROBERT. Sí. ¿Podemos cerrar nuestro corazón a un afecto si lo sentimos profundamente? ¿Y deberíamos cerrarlo? ¿Debería cerrarlo la mujer?

RICHARD. Estamos hablando de unión física.

ROBERT. El afecto entre un hombre y una mujer ha de llegar a ese punto. Le damos demasiada importancia porque tenemos la mente deformada. Para nosotros, hoy en día, no tiene más trascendencia que cualquier otra forma de contacto, como un beso.

RICHARD. Si no tiene trascendencia, ¿por qué estás insatisfecho hasta que alcanzas ese fin? ¿Por qué estabas esperando aquí esta noche?

ROBERT. La pasión tiende a llegar tan lejos como le es posible. Pero, tanto si me crees como si no, yo no tenía eso en mente. Quiero decir alcanzar ese fin.

RICHARD. Alcánzalo si puedes. No usaré contra ti ningún arma que el mundo ponga en mi mano. Si la ley que el dedo de Dios ha escrito en nuestros corazones es como tú dices, yo también soy una criatura de Dios.

> *(Se levanta y camina de un lado a otro unos instantes en silencio. Después va hacia el porche y se apoya en el dintel. Robert lo observa).*

ROBERT. Siempre lo he sentido. Tanto en mí mismo como en los demás.

RICHARD. *(Con tono ausente).* ¿Sí?

ROBERT. *(Con un gesto vago).* Para todos. Que una mujer tiene derecho a probar con muchos hombres hasta que encuentre el amor. Una idea inmoral, ¿no? Quería escribir un libro sobre eso. Lo empecé…

RICHARD. *(Como antes)*. ¿Sí?

ROBERT. Sí. Porque conocí a una mujer que me pareció que hacía eso, que ponía en práctica esa idea en su propia vida. Estuve muy interesado en ella.

RICHARD. ¿Cuándo fue eso?

ROBERT. Oh, hace tiempo. Cuando estabas fuera.

> *(Richard abandona el porche bruscamente y de nuevo camina de un lado a otro)*.

ROBERT. Ya ves que soy más honesto de lo que pensabas.

RICHARD. Habría preferido que no te hubieras acordado ahora de esa mujer, quienquiera que sea o que haya sido.

ROBERT. *(Con soltura)*. Era y es la mujer de un corredor de Bolsa.

RICHARD. *(Volviéndose hacia él)*. ¿Lo conoces a él?

ROBERT. Es un amigo íntimo.

> *(Richard se sienta de nuevo en el mismo lugar y se inclina hacia delante, la cabeza apoyada en las manos)*.

ROBERT. *(Acercando un poco su silla)*. ¿Te puedo hacer una pregunta?

RICHARD. Puedes.

ROBERT. *(Con cierta vacilación)*. ¿Nunca ha ocurrido en todos estos años, quiero decir, pongamos por caso, cuando estabas lejos de ella, o de viaje, que… la engañases con otra? Engañarla, quiero decir, no enamorarte. Carnalmente quiero decir… ¿No ha pasado nunca?

RICHARD. Ha pasado.

ROBERT. ¿Y qué hiciste?

RICHARD. Recuerdo la primera vez. Llegué a casa. Era de noche. La casa estaba en silencio. Mi hijito estaba dormido en su cuna. Ella también estaba dormida. La desperté y se lo conté. Me puse a llorar junto a su cama. Le rompí el corazón.

ROBERT. Ay, Richard, ¿por qué hiciste eso?

RICHARD. ¿Traicionarla?

ROBERT. No. Decírselo, despertarla para decírselo. Le rompiste el corazón.

RICHARD. Ella tiene que conocerme tal como soy.

ROBERT. Pero ese no eres tú tal como eres. Fue un momento de flaqueza.

RICHARD. *(Perdido en sus pensamientos)*. Y yo alimentaba la llama de su inocencia con mi culpa.

ROBERT. *(Con brusquedad)*. Oh, no me vengas con culpa e inocencia. Tú has hecho de ella todo lo que es. Una personalidad extraña y maravillosa, al menos a mis ojos.

RICHARD. *(Con tono sombrío)*. O quizá la haya matado.

ROBERT. ¿Matarla?

RICHARD. La virginidad de su alma.

ROBERT. *(Con impaciencia)*. ¡Bien está perdida! ¿Qué sería de ella sin ti?

RICHARD. Intenté darle una nueva vida.

ROBERT. Y se la diste. Una vida nueva y rica.

RICHARD. ¿Y vale la pena lo que le he quitado: su adolescencia, su risa, la belleza de su juventud, las esperanzas de su joven corazón?

ROBERT. *(Con firmeza)*. Sí. Vale mucho la pena. *(Mira a Richard en silencio unos instantes)*. Si la hubieras descuidado, si hubieras llevado una vida desenfrenada, si te la hubieras llevado solo para hacerla sufrir…

(Se detiene. Richard levanta la cabeza y lo mira).

RICHARD. ¿Y si lo hubiera hecho?

ROBERT. *(Levemente desconcertado).* Ya sabes que hubo rumores sobre tu vida en el extranjero, sobre una vida desenfrenada. Personas que te conocían o que te vieron o que oyeron hablar de ti en Roma. Rumores falsos.

RICHARD. *(Con frialdad).* Continúa.

ROBERT. *(Se ríe con cierta estridencia).* Hasta yo mismo pensaba a veces que ella era una víctima. *(Suavemente).* Por supuesto, Richard, yo siempre supe y sentí que tú eras un hombre con un gran talento, con algo más que talento. Y esa era tu excusa, una excusa válida, en mi opinión.

RICHARD. ¿Y no se te ha ocurrido que es precisamente ahora, en este momento, cuando la estoy descuidando? *(Se aferra nerviosamente las manos y se inclina hacia Robert).* Aún puedo callarme. Y ella podría por fin entregarse a ti... por completo y muchas veces.

ROBERT. *(Se echa atrás de inmediato).* Mi querido Richard, mi querido amigo, te juro que no podría hacerte sufrir así.

RICHARD. *(Continúa).* Y entonces podrías conocer en cuerpo y alma, de cien maneras diferentes, sin descanso, lo que un viejo teólogo, Duns Scoto, creo, llamaba la muerte del espíritu.

ROBERT. *(Con ansiedad).* ¿La muerte del espíritu? No: ¡la afirmación del espíritu! ¡Una muerte, ja! El supremo instante de la vida, de donde procede toda la vida nueva, la ley eterna de la propia naturaleza.

RICHARD. Y también está esa otra ley de la naturaleza, como tú la llamas: el cambio. ¿Qué pasará cuando te vuelvas contra ella y contra mí?, ¿cuando su belleza, o lo que ahora te parece su belleza, te canse y mi afecto por ti te parezca falso y odioso?

ROBERT. Eso nunca ocurrirá. Nunca.

RICHARD. ¿Y cuando te vuelvas incluso contra ti mismo por haberme conocido o por haber tenido trato con los dos?

ROBERT. *(Con gravedad)*. Eso nunca ocurrirá, Richard. Puedes estar seguro.

RICHARD. *(Con desprecio)*. Me importa muy poco si ocurre o no porque hay algo que me da mucho más miedo.

ROBERT. *(Niega con la cabeza)*. ¿Miedo tú? No me lo creo, Richard. Desde que éramos niños, he seguido tu mente. Tú no sabes lo que es el miedo moral.

RICHARD. *(Poniéndole la mano en el brazo)*. Escucha. Está muerta. Acostada en mi cama. Miro su cuerpo, que he traicionado burdamente tantas veces. Un cuerpo que he amado y por el que he llorado. Y sé que su cuerpo ha sido siempre mi leal esclavo. A mí, solo a mí se entregó… *(Se le corta la voz y se da la vuelta, incapaz de hablar)*.

ROBERT. *(Suavemente)*. No sufras, Richard. No hay necesidad. Ella te es leal, en cuerpo y alma. ¿De qué tienes miedo?

RICHARD. *(Se vuelve hacia él, casi ferozmente)*. A eso no. A que un día me reproche a mí mismo haberme quedado con todo porque no pude soportar que ella le diera a otro lo que no me correspondía a mí dar sino a ella, porque acepté de ella su lealtad e hice que su vida en el amor fuera más pobre. Ese es mi miedo. Interponerme entre ella y cualquier momento de vida que deba ser suyo, entre ella y tú, entre ella y cualquiera, entre ella y cualquier cosa. No lo haré. No puedo hacerlo y no lo haré. No osaría hacerlo.

> *(Se apoya en el respaldo de la silla sin aliento, con los ojos brillantes. Robert se levanta en silencio y se queda de pie detrás de su silla)*.

ROBERT. Mira, Richard. Hemos dicho todo lo que teníamos que decir. Lo pasado pasado está.

RICHARD. *(Deprisa y con dureza)*. Espera. Una cosa más. Porque tú también tienes que conocerme como soy… ahora.

ROBERT. ¿Más? ¿Hay más?

RICHARD. Ya te he dicho que esta tarde, cuando te vi los ojos, me puse triste. Sentí que tu humildad y tu vergüenza te unían a mí como un hermano. *(Se vuelve a medias hacia él)*. En ese momento sentí toda nuestra vida pasada juntos y quise abrazarte.

ROBERT. *(Profunda y súbitamente emocionado)*. Es muy noble por tu parte que me perdones así, Richard.

RICHARD. *(Luchando consigo mismo)*. Ya te he dicho que no quiero que hagas nada falso o secreto contra mí, contra nuestra amistad, contra ella; que me la arrebates, con astucia, en secreto, vilmente… en la oscuridad, en la noche… tú, Robert, mi amigo.

ROBERT. Lo sé. Y es noble por tu parte.

RICHARD. *(Alza los ojos hacia él con mirada firme)*. No. Noble no. Innoble.

ROBERT. *(Hace un gesto involuntario)*. ¿Cómo? ¿Por qué?

RICHARD. *(Aparta de nuevo la mirada; bajando la voz)*. Eso es lo que también tengo que decirte. Que en lo más hondo de mi innoble corazón yo ansiaba ser traicionado por ti y por ella… en la oscuridad, en la noche… en secreto, vilmente, con astucia. Por ti, mi mejor amigo, y por ella. Lo ansiaba apasionada e innoblemente, ser deshonrado para siempre en el amor y en la lujuria, ser…

ROBERT. *(Se inclina, pone las manos sobre la boca de Richard)*. Basta. Basta. *(Aparta las manos)*. Pero no. Sigue.

RICHARD. Ser para siempre una criatura infame y reconstruir de nuevo mi alma sobre las ruinas de su infamia.

ROBERT. Y por eso querías que ella…

RICHARD. *(Con calma)*. Ella ha hablado siempre de su inocencia como yo he hablado siempre de mi culpa, y eso me enseñaba a ser humilde.

ROBERT. Entonces ¿por orgullo?

RICHARD. Por orgullo y por anhelos innobles. Y por un motivo aún más profundo.

ROBERT. *(Con decisión)*. Te entiendo.

> *(Regresa a su lugar y comienza a hablar enseguida, acercando su silla).*

ROBERT. ¿No podría ser que nos encontremos aquí y ahora ante un momento que puede librarnos a los dos, a ti y a mí, de las últimas ataduras de eso que llamamos moral? Mi amistad contigo me ha creado ataduras.

RICHARD. Ataduras ligeras, según parece.

ROBERT. He actuado en la oscuridad, en secreto. Ya no volveré a hacerlo. ¿Tienes el coraje de permitirme que actúe libremente?

RICHARD. ¿Un duelo? ¿Entre nosotros?

ROBERT. *(Con creciente excitación)*. Una batalla de nuestras almas, tan diferentes como son, contra todo lo que hay de falso en ellas y en el mundo. Una batalla de tu alma contra el espectro de la fidelidad, de la mía contra el espectro de la amistad. Toda vida es una conquista, la victoria de la pasión humana contra los mandamientos de la cobardía. ¿Quieres, Richard? ¿Tienes el coraje suficiente? ¿Aunque rompa en mil pedazos la amistad que hay entre nosotros, aunque destruya para siempre la última ilusión de tu vida? Hubo una eternidad antes de que naciéramos; otra vendrá después de que muramos. Solo el cegador instante de la pasión…, la pasión, libre, sin vergüenza, irresistible…, es la única puerta por la que podemos escapar de la miseria de eso que los esclavos llaman vida. ¿No es este el lenguaje de tu propia juventud que tantas veces te oí en este mismo lugar donde estamos sentados? ¿O has cambiado?

RICHARD. *(Se pasa la mano por la frente)*. Sí. Es el lenguaje de mi juventud.

ROBERT. *(Con ansiedad, con intensidad)*. Richard, tú me has traído hasta este punto. Ella y yo solo hemos obedecido tu voluntad. Tú mismo has suscitado estas palabras en mi cerebro. Son tus propias palabras. ¿Quieres que lo hagamos? ¿Libremente? ¿Juntos?

RICHARD. *(Dominando su emoción)*. Juntos no. Lucha por tu parte solo. No seré yo quien te libere. Déjame a mí que luche por la mía.

ROBERT. *(Se levanta, decidido)*. Entonces ¿me lo permites?

RICHARD. *(Se levanta también, con calma)*. Libérate tú mismo.

(Se oye un golpe en la puerta del recibidor).

ROBERT. *(Alarmado)*. ¿Qué es esto?

RICHARD. *(Con calma)*. Bertha, evidentemente. ¿No le has pedido que venga?

ROBERT. Sí, pero… *(Mira alrededor)*. Entonces me voy, Richard.

RICHARD. No, me voy yo.

ROBERT. *(Con desesperación)*. Richard, te lo ruego. Deja que me vaya. Se acabó. Es tuya. Quédate con ella y perdóname, perdonadme los dos.

RICHARD. ¿Porque eres lo bastante generoso como para permitírmelo?

ROBERT. *(Acaloradamente)*. Richard, me voy a enfadar contigo si dices eso.

RICHARD. Te enfades o no, yo no pienso vivir de tu generosidad. Le has pedido que venga sola esta noche. Resolved la cuestión entre vosotros.

ROBERT. *(Inmediatamente)*. Abre tú la puerta. Yo espero en el jardín. *(Va hacia el porche)*. Explícaselo lo mejor que puedas, Richard. Yo no puedo verla ahora.

RICHARD. Te digo que yo me voy a ir. Espera fuera si es eso lo que quieres.

> *(Sale por la puerta de la derecha. Robert sale apresuradamente por el porche, pero vuelve a entrar al instante).*

ROBERT. ¡Un paraguas! *(Con un gesto súbito)*. ¡Oh!

> *(Sale de nuevo por el porche. Se oye cómo se abre y se cierra la puerta del recibidor. Entra Richard seguido por Bertha, que va vestida con un vestido marrón oscuro y un pequeño sombrero rojo. No tiene ni paraguas ni impermeable).*

RICHARD. *(Alegremente)*. ¡Bienvenida de nuevo a la vieja Irlanda!

BERTHA. *(Con nerviosismo, con seriedad)*. ¿Este es el lugar?

RICHARD. Sí, este es. ¿Te ha costado encontrarlo?

BERTHA. Le he preguntado al revisor. No me gusta pedir indicaciones. *(Mirando alrededor con curiosidad)*. ¿Y él no estaba esperando? ¿Se ha ido?

RICHARD. *(Señalando el jardín)*. Está esperando. Ahí fuera. Estaba esperando cuando llegué.

BERTHA. *(Recupera la compostura)*. Ya ves que al final has venido.

RICHARD. ¿Pensabas que no vendría?

BERTHA. Sabía que no podías quedarte en casa. Ya lo ves, al final eres como los demás hombres. Tenías que venir. Eres celoso como los demás.

RICHARD. Parece que te molesta haberme encontrado aquí.

BERTHA. ¿Qué ha pasado entre vosotros?

RICHARD. Le dije que lo sé todo, y que lo sé desde hace mucho tiempo. Me preguntó cómo lo sé. Le dije que por ti.

BERTHA. ¿Me odia?

RICHARD. No puedo leer en su corazón.

BERTHA. *(Se sienta con gesto de impotencia).* Sí. Me odia. Cree que lo he puesto en ridículo, que lo he traicionado. Ya lo sabía yo.

RICHARD. Le dije que eres sincera con él.

BERTHA. No lo cree. Nadie lo creería. Se lo tenía que haber dicho yo, no tú.

RICHARD. Creí que era un vulgar ladrón, dispuesto a usar incluso la violencia contra ti. Tenía que protegerte de eso.

BERTHA. Eso podía haberlo hecho yo sola.

RICHARD. ¿Estás segura?

BERTHA. Habría bastado con decirle que tú sabías que yo estaba aquí. Ahora no podré saber nada. Me odia. Tiene razón en odiarme. Lo he tratado horriblemente, lo he tratado de manera infame.

RICHARD. *(Coge su mano).* Bertha, mírame.

BERTHA. *(Se vuelve hacia él).* ¿Qué?

RICHARD. *(La mira atentamente a los ojos y deja caer su mano).* Tampoco puedo leer en tu corazón.

BERTHA. *(Mirándolo todavía).* No podías quedarte en casa. ¿Es que no confías en mí? Como ves, estoy muy tranquila. Te lo podría haber ocultado todo.

RICHARD. Lo dudo.

BERTHA. *(Con un leve movimiento de la cabeza).* Oh, habría sido muy fácil si hubiera querido.

RICHARD. *(Con tono sombrío).* Quizá te arrepientes de no haberlo hecho.

BERTHA. Quizá sí.

RICHARD. *(De manera desagradable).* ¡Qué estúpida fuiste al decírmelo! Habría sido estupendo que lo hubieras mantenido en secreto.

BERTHA. Como haces tú, ¿no?

RICHARD. Como hago yo, sí. *(Se da la vuelta para irse).* Adiós, hasta luego.

BERTHA. *(Alarmada, se levanta).* ¿Te vas?

RICHARD. Pues claro. Mi papel termina aquí.

BERTHA. Te vas con ella, supongo.

RICHARD. *(Estupefacto).* ¿Con quién?

BERTHA. Con su alteza la gran dama. Supongo que lo has planeado para tener una buena oportunidad. ¡Para ir a verla y mantener una conversación intelectual!

RICHARD. *(Con un estallido de ira brutal).* ¡Para ir a ver a todos los demonios!

BERTHA. *(Se saca el alfiler del sombrero y se sienta).* Muy bien. Vete. Ahora ya sé lo que he de hacer.

RICHARD. *(Vuelve, se acerca a ella).* Tú misma no crees ni una palabra de lo que dices.

BERTHA. *(Con calma).* Vete. ¿Por qué no te vas?

RICHARD. Entonces has venido aquí y le has seguido el juego de esa manera por mí. ¿Eso es así?

BERTHA. Hay una sola persona en todo este asunto que no es estúpida. Y ese eres tú. Porque yo sí lo soy. Y él también.

RICHARD. *(Continúa).* Si es así, entonces es verdad que te has portado con él horriblemente y de manera infame.

BERTHA. *(Lo señala).* Sí. Pero es culpa tuya. Y ahora eso se va a acabar. No soy más que un instrumento tuyo. No me tienes respeto. Nunca me lo has tenido porque hice lo que hice.

RICHARD. ¿Y él te tiene respeto?

BERTHA. Sí. De todas las personas que me he encontrado desde que volví, él es el único que me tiene respeto. Y eso que él sabe lo que los demás solamente sospechan. Y por eso le tuve simpatía desde el principio y todavía se la tengo. ¡Menudo respeto que me tiene esa otra! ¿Por qué no le pediste a ella que se fuera contigo hace nueve años?

RICHARD. Tú sabes por qué, Bertha. Hazte la pregunta.

BERTHA. Sí, yo sé por qué. Porque sabías la respuesta que te daría. Por eso.

RICHARD. No fue por eso. A ti ni siquiera te lo pedí.

BERTHA. Sí. Sabías que yo iría, me lo pidieras o no. Yo hago las cosas. Pero si hago una cosa también puedo hacer dos. Ya que tengo la fama, al menos voy a aprovecharla.

RICHARD. *(Con creciente excitación).* Bertha, yo acepto lo que tenga que pasar. He confiado en ti. Y seguiré confiando en ti.

BERTHA. Para poder echármelo en cara. Y para después dejarme sola. *(Casi apasionadamente).* ¿Por qué no me defiendes de él? ¿Por qué te vas ahora sin una palabra y me dejas aquí? Dick, por Dios, dime qué quieres que haga.

RICHARD. No puedo, cariño. *(Luchando consigo mismo).* Tu corazón te lo dirá. *(Le coge las dos manos).* Tengo una alegría loca en el corazón al mirarte, Bertha. Te veo tal como eres. Que yo haya llegado el primero a tu vida, antes que él, eso quizá ya no tiene ninguna importancia para ti. Puede que al fin y al cabo seas más suya que mía.

BERTHA. No lo soy. Pero tengo sentimientos por él.

RICHARD. Y yo también. Puede que seas suya y mía, de los dos. Yo confío en ti, Bertha, y en él también. Tengo que confiar. No puedo odiarle, porque te haya abrazado. Tú nos has unido. En tu corazón hay algo más sabio que la sabiduría. ¿Quién soy yo para creerme amo de tu corazón o del cora-

zón de ninguna mujer? Bertha, ámale, sé suya, entrégate a
él si es eso lo que deseas, o si puedes hacerlo.

BERTHA. *(Con tono soñador).* Me voy a quedar.

RICHARD. Adiós.

> *(Deja caer las manos de ella y sale rápidamente por
> la derecha. Bertha se queda sentada. Después se
> levanta y va tímidamente hacia el porche. Se detie-
> ne cerca y, tras un instante de vacilación, habla
> hacia el jardín).*

BERTHA. ¿Hay alguien ahí fuera?

> *(Al mismo tiempo retrocede hasta el centro de la
> estancia. Después habla otra vez de la misma ma-
> nera).*

BERTHA. ¿Hay alguien ahí?

> *(Robert aparece en la entrada del jardín. Lleva la
> chaqueta abotonada y el cuello alzado. Apoya lige-
> ramente las manos en ambos dinteles y espera a que
> Bertha le vea).*

BERTHA. *(Al verle, retrocede; después, tranquilamente).* ¡Robert!

ROBERT. ¿Estás sola?

BERTHA. Sí.

ROBERT. *(Mirando hacia la puerta de la derecha).* ¿Dónde está él?

BERTHA. Se ha ido. *(Nerviosamente).* Me has asustado. ¿De dónde sales?

ROBERT. *(Con un movimiento de la cabeza).* De ahí fuera. ¿No
te dijo que estaba ahí fuera, esperando?

BERTHA. *(Deprisa)*. Sí, me lo dijo. Pero me daba miedo estar aquí sola. Con la puerta abierta, esperando. *(Va hasta la mesa y apoya la mano en la esquina)*. ¿Por qué te quedas así en el umbral?

ROBERT. ¿Por qué? Porque yo también tengo miedo.

BERTHA. ¿De qué?

ROBERT. De ti.

BERTHA. *(Baja la mirada)*. ¿Me odias?

ROBERT. Te tengo miedo. *(Uniendo las manos a su espalda, tranquilamente pero de forma un tanto desafiante)*. Tengo miedo de una nueva tortura, de una nueva trampa.

BERTHA. *(Como antes)*. ¿De qué me culpas?

ROBERT. *(Se adelanta unos pasos, se detiene; después impulsivamente)*. ¿Por qué me incitaste? Día tras día, cada vez más. ¿Por qué no me detuviste? Habría sido muy fácil, bastaba una palabra. ¡Pero ni una palabra! Me olvidé de mí mismo y de él. Tú lo viste. Que me estaba destruyendo ante sus ojos, perdiendo su amistad. ¿Es eso lo que querías?

BERTHA. *(Levantando la mirada)*. Nunca me preguntaste.

ROBERT. ¿Que nunca te pregunté qué?

BERTHA. Si él lo sospechaba, o si lo sabía.

ROBERT. ¿Me lo habrías dicho?

BERTHA. Sí.

ROBERT. *(Vacilante)*. ¿Se lo contaste… todo?

BERTHA. Sí.

ROBERT. Quiero decir, ¿con detalles?

BERTHA. Todo.

ROBERT. *(Con una sonrisa forzada)*. Ya veo. Estabas haciendo un experimento en su beneficio. Conmigo. Y, en fin, ¿por qué no? Parece ser que soy un buen espécimen. Aun así, es un poco cruel por tu parte.

BERTHA. Intenta entenderme, Robert. Tienes que intentarlo.

ROBERT. *(Con un gesto cortés)*. Bueno, lo intentaré.

BERTHA. ¿Por qué te quedas tan cerca de la puerta? Me pone nerviosa verte ahí.

ROBERT. Estoy intentando entender. Y además tengo miedo.

BERTHA. *(Extiende una mano)*. No tienes por qué tener miedo.

(Robert viene rápidamente hacia ella y coge su mano).

ROBERT. *(Con timidez)*. ¿Os reíais de mí, los dos juntos? *(Retira la mano)*. Pero ahora tengo que portarme bien porque, si no, volveréis a reíros de mí otra vez, esta noche.

BERTHA. *(Angustiada, le pone la mano en el brazo)*. Por favor, escúchame, Robert... ¡Pero si estás todo mojado! ¡Estás empapado! *(Le pasa la mano por la chaqueta)*. ¡Ay, pobre! ¡Ahí fuera bajo la lluvia todo este tiempo! Se me había olvidado.

ROBERT. *(Se ríe)*. Sí, te olvidaste del clima irlandés.

BERTHA. Estás empapado de verdad. Tienes que cambiarte la chaqueta.

ROBERT. *(La coge de las manos)*. Dime, ¿entonces lo que sientes por mí es lástima, como dice él, Richard?

BERTHA. Por favor, cámbiate la chaqueta, Robert, escucha lo que te digo. Puedes pescar un resfriado terrible. Hazlo, por favor.

ROBERT. ¿Y qué importaría eso ya?

BERTHA. *(Mirando alrededor)*. ¿Dónde guardas aquí la ropa?

ROBERT. *(Señala la puerta del fondo)*. Ahí. Me parece que tengo una chaqueta ahí. *(Maliciosamente)*. En el dormitorio.

BERTHA. Pues ve y quítate esa.

ROBERT. ¿Y tú?

BERTHA. Yo te espero aquí.

ROBERT. ¿Me lo ordenas?

BERTHA. *(Riendo)*. Sí, te lo ordeno.

ROBERT. *(Rápidamente)*. Entonces lo haré. *(Va deprisa hacia la puerta del dormitorio; después se da la vuelta)*. ¿No te vas a ir?

BERTHA. No. Te espero. Pero no tardes.

ROBERT. Es solo un momento.

> *(Entra en el dormitorio y deja la puerta abierta. Bertha mira con curiosidad a su alrededor y después echa un vistazo indeciso a la puerta del fondo)*.

ROBERT. *(Desde el dormitorio)*. ¿No te has ido?

BERTHA. No.

ROBERT. Estoy a oscuras aquí. Tengo que encender la lámpara.

> *(Se le oye rascar una cerilla y colocar una pantalla de cristal sobre una lámpara. Una luz rosada sale por el hueco de la puerta. Bertha echa un vistazo al reloj que lleva en el muñequero y después se sienta a la mesa)*.

ROBERT. *(Como antes)*. ¿Te gusta el efecto que hace la luz?

BERTHA. Ah, sí.

ROBERT. ¿Lo ves bien desde ahí?

BERTHA. Sí, muy bien.

ROBERT. Lo preparé en tu honor.

BERTHA. *(Desconcertada)*. Ni siquiera eso merezco.

ROBERT. *(Claramente, de manera estridente)*. Trabajos de amor perdidos.

BERTHA. *(Poniéndose en pie, nerviosa)*. ¡Robert!

ROBERT. ¿Sí?

BERTHA. ¡Ven aquí deprisa! ¡Deprisa, te digo!

ROBERT. Ya estoy.

> (*Aparece en el hueco de la puerta con una chaqueta de terciopelo verde. Al reparar en su inquietud, va deprisa hacia ella*).

ROBERT. ¿Qué te pasa, Bertha?

BERTHA. (*Temblando*). Tenía miedo.

ROBERT. ¿De estar sola?

BERTHA. (*Agarrándose a sus manos*). Ya sabes a qué me refiero. Tengo los nervios todos alterados.

ROBERT. ¿De que yo…?

BERTHA. Robert, prométeme no pensar en eso. Nunca. Si en algo me aprecias. Pensé que en ese momento…

ROBERT. ¡Qué idea!

BERTHA. Pero prométemelo si me tienes aprecio.

ROBERT. ¡Si te tengo aprecio! Te lo prometo. Claro que te lo prometo. Estás temblando.

BERTHA. Deja que me siente en alguna parte. Ahora se me pasará.

ROBERT. ¡Mi pobre Bertha! Siéntate. Ven.

> (*La lleva hasta una silla junto a la mesa. Ella se sienta. Él se queda de pie a su lado*).

ROBERT. (*Tras una breve pausa*). ¿Se te ha pasado?

BERTHA. Sí. Era solo un momento. Es una cosa muy tonta. Tenía miedo de que… Quería que estuvieras a mi lado.

ROBERT. ¿De… de eso que me hiciste prometer no pensar?

BERTHA. Sí.

ROBERT. (*Intensamente*). ¿O de otra cosa?

BERTHA. *(Con gesto de impotencia)*. Me dio miedo algo, Robert. No estoy segura de qué.

ROBERT. ¿Y ahora?

BERTHA. Ahora estás aquí. Te veo. Ay, ya pasó.

ROBERT. *(Con resignación)*. Ya pasó. Sí. Trabajos de amor perdidos.

BERTHA. *(Levanta la mirada hacia él)*. Escucha, Robert. Quiero explicártelo todo. Yo nunca podría engañar a Dick. En nada. Le he contado todo desde el principio. Y después lo nuestro siguió y siguió, y tú seguías sin hablarme ni preguntarme. Yo quería que me preguntaras.

ROBERT. ¿Es eso verdad, Bertha?

BERTHA. Sí, porque me molestaba que pudieras pensar que yo era como… como las otras mujeres que imagino que conoces de esa manera. Y creo que Dick tiene razón en eso. ¿Por qué debería haber secretos?

ROBERT. *(Suavemente)*. Pero los secretos pueden ser también muy dulces. ¿No crees?

BERTHA. *(Sonríe)*. Sí, lo sé. Pero ¿entiendes?, yo no podría tener secretos con Dick. Y, además, ¿para qué? Al final siempre salen a la luz. ¿No es mejor que la gente sepa?

ROBERT. *(Suavemente y con un poco de timidez)*. ¿Cómo pudiste contárselo todo, Bertha? ¿De verdad se lo contaste? ¿Cada cosa que pasó entre nosotros?

BERTHA. Sí. Todo lo que él me preguntó.

ROBERT. ¿Y preguntó… mucho?

BERTHA. Ya sabes cómo es. Lo pregunta todo. Quiere saber todos los pelos y señales.

ROBERT. ¿Y sobre nuestros besos también?

BERTHA. Claro. Se lo conté todo.

ROBERT. *(Sacude despacio la cabeza)*. ¡Qué personita tan extraordinaria! ¿No te dio vergüenza?

BERTHA. No.

ROBERT. ¿Ni un poco?

BERTHA. No. ¿Por qué iba a darme? ¿Tan terrible es?

ROBERT. ¿Y cómo se lo tomó? Cuéntamelo. Yo también quiero saberlo todo.

BERTHA. *(Se ríe)*. Se excitó. Más de lo habitual.

ROBERT. ¿Ah, sí? ¿Todavía… se excita?

BERTHA. *(Con picardía)*. Sí, mucho. Cuando no está perdido en la filosofía.

ROBERT. ¿Más que yo?

BERTHA. ¿Más que tú? *(Reflexionando)*. ¿Cómo podría responder a eso? Los dos igual, supongo.

> *(Robert se vuelve hacia un lado y mira hacia el porche, pasándose la mano una o dos veces por el pelo con gesto pensativo).*

BERTHA. *(Amablemente)*. ¿Estás otra vez enfadado conmigo?

ROBERT. *(De mal humor)*. Eres tú la que está enfadada conmigo.

BERTHA. No, Robert. ¿Por qué iba a estarlo?

ROBERT. Porque te pedí que vinieras a este lugar. Intenté prepararlo para ti. *(Señala vagamente aquí y allá)*. Un ambiente tranquilo.

BERTHA. *(Tocando su chaqueta con los dedos)*. Y esto también. Tu bonita chaqueta de terciopelo.

ROBERT. También. Yo no te guardaré secretos.

BERTHA. Me recuerdas a alguien en un cuadro. Me gustas con ella puesta… Pero estás enfadado, ¿verdad?

ROBERT. *(Con tono sombrío)*. Sí. Ha sido un error. Pedirte que vinieras aquí. Me di cuenta cuando miré desde el jardín y te vi ahí de pie, Bertha. *(Con gesto de impotencia)*. Pero ¿qué otra cosa podría haber hecho?

BERTHA. *(Tranquilamente)*. ¿Quieres decir porque otras han estado aquí?

ROBERT. Sí.

(Se aleja unos pasos de ella. Una ráfaga de viento hace que parpadee la lámpara de la mesa. Robert baja un poco la mecha).

BERTHA. *(Siguiéndolo con la mirada)*. Pero yo ya lo sabía antes de venir. No estoy enfadada contigo por eso.

ROBERT. *(Se encoge de hombros)*. ¿Por qué habrías de estar enfadada conmigo, a fin de cuentas? Ni siquiera estás enfadada con él por haber hecho lo mismo, o algo peor.

BERTHA. ¿Te lo ha contado?

ROBERT. Sí. Me lo ha contado. Aquí nos lo confesamos todo el uno al otro. Por turnos.

BERTHA. Yo intento olvidarlo.

ROBERT. ¿No te atormenta?

BERTHA. Ya no. Pero me molesta pensar en ello.

ROBERT. ¿Fue tan solo un acto animal, eso es lo que piensas? ¿Sin demasiada importancia?

BERTHA. Ya no me atormenta, ya no.

ROBERT. *(Mirándola por encima del hombro)*. Pero, y si no solo fuera un mero acto animal, con una persona o con otra, un acto de unos instantes. Si fuera algo refinado y espiritual, solo con una persona, con una mujer. *(Sonríe)*. Y quizá también animal, porque todo termina en eso tarde o temprano. En ese caso, ¿intentarías olvidarlo y perdonárselo?

BERTHA. *(Jugueteando con su muñequero)*. ¿A quién?

ROBERT. A cualquiera. A mí.

BERTHA. *(Con calma)*. Tú quieres decir Dick.

ROBERT. Yo he dicho a mí. Pero ¿lo intentarías?

BERTHA. ¿Crees que me vengaría? ¿Es que Dick no puede ser también libre?

ROBERT. *(La señala)*. Eso no sale de tu corazón, Bertha.

BERTHA. *(Con orgullo)*. Sí que sale de mi corazón. Que sea él libre también. Él a mí me deja libre.

ROBERT. *(Con insistencia)*. ¿Y sabes por qué? ¿Y lo entiendes? ¿Y te gusta? ¿Y quieres serlo? ¿Y te hace feliz? ¿Y te ha hecho feliz? ¿Siempre? ¿El don de la libertad que te dio… hace nueve años?

BERTHA. *(Mirándole fijamente con los ojos muy abiertos)*. Pero ¿por qué me haces ese montón de preguntas, Robert?

ROBERT. *(Extiende las dos manos hacia ella)*. Porque entonces yo tengo otro don que ofrecerte, un don simple y vulgar, como yo. Si quieres saberlo te lo diré.

BERTHA. *(Mirando su reloj)*. Lo pasado pasado está, Robert. Y me parece que me tengo que ir. Son casi las nueve.

ROBERT. *(Impetuosamente)*. No, no. Todavía no. Hay una confesión más. Y tenemos derecho a hablar.

> *(Pasa deprisa por delante de la mesa y se sienta junto a ella)*.

BERTHA. *(Volviéndose hacia él, le pone la mano izquierda en el hombro)*. Sí, Robert. Ya sé que te gusto. No hace falta que me lo digas. *(Con cariño)*. No hace falta que hagas más confesiones esta noche.

> *(Una ráfaga de viento entra por el porche con un sonido de hojas moviéndose. La lámpara parpadea rápidamente)*.

BERTHA. *(Señalando por encima del hombro de él).* ¡Mira! Está demasiado alta.

> *(Sin levantarse, Robert se inclina hacia la mesa y baja más la mecha. La estancia queda en penumbra. La luz que entra por el hueco de la puerta del dormitorio se hace más intensa).*

ROBERT. Se está levantando viento. Voy a cerrar esa puerta.

BERTHA. *(Escuchando).* No, aún está lloviendo. Ha sido solo una ráfaga.

ROBERT. *(Le toca el hombro).* Dime si el aire es demasiado frío para ti. *(Levantándose a medias).* Voy a cerrarla.

BERTHA. *(Lo detiene).* No. No tengo frío. Además, me voy ya. Robert. No puedo quedarme.

ROBERT. *(Con firmeza).* No, no. Ahora no puede haber un «No puedo». Estamos aquí para esto. Y no tienes razón, Bertha. El pasado no está pasado. Está presente aquí y ahora. Mis sentimientos por ti son los mismos ahora que entonces porque entonces… los rechazaste.

BERTHA. No, Robert, eso no es verdad.

ROBERT. *(Continuando).* Sí es verdad. Y lo he sentido todos estos años sin saberlo, hasta ahora. Incluso mientras llevaba… el tipo de vida que ya sabes y en el que te molesta pensar…, el tipo de vida al que me condenaste.

BERTHA. ¿Yo?

ROBERT. Sí, porque tú rechazaste el don vulgar y simple que yo podía ofrecerte… y aceptaste en cambio el don de él.

BERTHA. *(Mirándolo).* Pero tú nunca…

ROBERT. No. Porque lo habías escogido a él. Yo lo vi. Lo vi la primera noche que nos encontramos los tres. ¿Por qué lo escogiste a él?

BERTHA. *(Inclina la cabeza).* ¿No es eso el amor?

ROBERT. *(Continuando).* Y cada noche cuando íbamos los dos, él y yo, a aquella esquina para encontrarnos contigo, lo veía y lo sentía. ¿Recuerdas esa esquina, Bertha?

BERTHA. *(Como antes).* Sí.

ROBERT. Y cuando tú y él os ibais juntos a dar vuestro paseo y yo me iba solo calle abajo, lo sentía. Y cuando me habló de ti y me dijo que se marchaba, entonces fue cuando más lo sentí.

BERTHA. ¿Por qué en ese momento?

ROBERT. Porque fue entonces cuando cometí mi primera traición contra él.

BERTHA. ¿Qué quieres decir, Robert? ¿Tu primera traición contra Dick?

ROBERT. *(Asiente).* Y no fue la última. Me habló de ti y de él. De cómo sería vuestra vida juntos…, libre y todo eso. ¡Libre, sí! Ni siquiera iba a pedirte que te fueras con él. *(Con amargura).* No lo hizo. Y aun así te fuiste.

BERTHA. Yo quería estar con él. Ya sabes… *(Alzando la cabeza y mirándole).* Ya sabes cómo éramos entonces… Dick y yo.

ROBERT. *(Sin prestar atención).* Le recomendé que se fuera solo, que no te llevara con él, que viviera solo para ver si lo que sentía por ti era una cosa pasajera que quizá arruinaría su carrera y tu felicidad.

BERTHA. Vaya, Robert. No te portaste muy bien conmigo, que digamos. Pero te perdono porque pensabas en su felicidad y en la mía.

ROBERT. *(Inclinándose para acercarse a ella).* No, Bertha. No pensaba en eso. Y esa fue mi traición. Estaba pensando en mí mismo, pensaba que cuando él no estuviera podrías darle la espalda, y él a ti. Y entonces yo te habría ofrecido mi don. Ya sabes lo que era. El don simple y vulgar que los

hombres ofrecen a las mujeres. Quizá no el mejor don.
Pero, mejor o peor, habría sido tuyo.

BERTHA. *(Apartando el rostro de él)*. Él no siguió tu consejo.

ROBERT. *(Como antes)*. No. Y la noche que os fuisteis juntos…
¡Oh, qué feliz fui!

BERTHA. *(Apretándole las manos)*. Mantén la calma, Robert. Sé
que siempre te gusté. ¿Por qué no me olvidaste?

ROBERT. *(Sonríe con amargura)*. ¡Qué feliz me sentía mientras
volvía caminando por los muelles y vi a lo lejos el barco con
sus luces, bajando por el negro río, alejándote de mí! *(En
un tono más calmo)*. Pero ¿por qué lo escogiste a él? ¿Es que
no me tenías ningún aprecio?

BERTHA. Sí. Te tenía aprecio porque eras su amigo. Hablábamos
mucho de ti. Cada vez más. Cada vez que le mandabas
periódicos o libros a Dick. Y todavía te tengo aprecio,
Robert. *(Mirándolo a los ojos)*. Nunca te olvidé.

ROBERT. Ni yo a ti. Sabía que volvería a verte. Lo supe la noche
en que te fuiste. Supe que volverías, y por eso escribí y
trabajé para volver a verte aquí.

BERTHA. Y aquí estoy. Tenías razón.

ROBERT. *(Despacio)*. Nueve años. ¡Nueve veces más hermosa!

BERTHA. *(Sonriendo)*. ¿De verdad crees eso? ¿Qué es lo que ves
en mí?

ROBERT. *(Mirándola fijamente)*. Una dama extraña y hermosa.

BERTHA. *(Casi disgustada)*. ¡Ay, por favor, no me llames dama!

ROBERT. *(Seriamente)*. Eres más que eso. Eres una reina joven y
hermosa.

BERTHA. *(Con una risa repentina)*. ¡Oh, Robert!

ROBERT. *(Bajando la voz e inclinándose para acercarse a ella)*.
Pero ¿es que no sabes que eres un ser humano lleno de be-
lleza? ¿Es que no sabes que tu cuerpo está lleno de belleza?
¡Belleza y juventud!

BERTHA. *(Gravemente)*. Un día seré vieja.

ROBERT. *(Niega con la cabeza)*. No me lo puedo imaginar. Esta noche eres joven y hermosa. Esta noche has vuelto a mí. *(Con pasión)*. ¿Quién sabe qué pasará mañana? Quizá nunca vuelva a verte, o quizá nunca vuelva a verte como te veo ahora.

BERTHA. ¿Eso te haría sufrir?

ROBERT. *(Mira alrededor a la habitación sin contestar)*. Esta sala y esta hora se hicieron para que tú vinieras. Cuando no estés, nada de esto existirá.

BERTHA. *(Con ansiedad)*. Pero volverás a verme, Robert… Como antes.

ROBERT. *(La mira de hito en hito)*. Para hacerle sufrir a él, a Richard.

BERTHA. Él no sufre.

ROBERT. *(Inclinando la cabeza)*. Sí, sí. Sí que sufre.

BERTHA. Sabe que tú y yo nos tenemos aprecio. ¿Qué problema hay entonces?

ROBERT. *(Alzando la mirada)*. No, ningún problema. ¿Por qué no habríamos de tenernos aprecio tú y yo? Él todavía no sabe lo que yo siento. Nos ha dejado aquí solos de noche y a esta hora porque anhela saberlo, anhela liberarse.

BERTHA. ¿De qué?

ROBERT. *(Se acerca más a ella y le aprieta el brazo mientras habla)*. De todas las leyes, Bertha, de todas las ataduras. Toda su vida ha luchado por liberarse. Ha roto todas las cadenas excepto una, y esa vamos a romperla nosotros, Bertha, tú y yo.

BERTHA. *(Casi inaudible)*. ¿Estás seguro?

ROBERT. *(Con tono aún más afectuoso)*. Estoy seguro de que ninguna ley hecha por el hombre es sagrada ante el impulso de la pasión. *(Casi ferozmente)*. ¿Quién nos hizo para uno solo? Es un crimen contra nuestro propio ser si somos así.

Ante el impulso no hay leyes. Las leyes son para los esclavos. Bertha, ¡di mi nombre! Déjame oír tu voz diciéndolo. ¡Suavemente!

BERTHA. *(Suavemente).* ¡Robert!

ROBERT. *(Le rodea los hombros con los brazos).* Solo el impulso hacia la juventud y la belleza no muere. *(Señala hacia el porche).* ¡Escucha!

BERTHA. *(Alarmada).* ¿Qué?

ROBERT. La lluvia cayendo. La lluvia de verano sobre la tierra. Lluvia nocturna. La oscuridad y el calor y el torrente de la pasión. Esta noche la tierra es amada; amada y poseída. Los brazos de su amante la rodean, y ella calla. ¡Habla, amor mío!

BERTHA. *(Se inclina súbitamente hacia delante y escucha con atención).* ¡Calla!

ROBERT. *(Escucha, sonríe).* No es nada. No es nadie. Estamos solos.

(Una ráfaga de viento sopla a través del porche con sonido de hojas agitadas. La llama de la lámpara parpadea rápidamente).

BERTHA. *(Señalando la lámpara).* ¡Mira!

ROBERT. Es solo el viento. Entra luz suficiente de la habitación.

(Estira la mano por encima de la mesa y apaga la lámpara. La luz del hueco de la puerta del dormitorio cruza el lugar donde están sentados. La estancia está casi a oscuras).

ROBERT. ¿Eres feliz? Dime.

BERTHA. Me voy ya, Robert. Es muy tarde. No me pidas más.

ROBERT. *(Acariciándole el pelo)*. Espera, espera. Dime, ¿me amas
    un poco?

BERTHA. Siento aprecio por ti, Robert. Creo que eres bueno.
    (Levantándose a medias). ¿Estás satisfecho?

ROBERT. *(Deteniéndola, besándola en el pelo)*. ¡No te vayas,
    Bertha! Aún hay tiempo. ¿Me amas tú también? He espe-
    rado mucho tiempo. ¿Nos amas a los dos, a él y también a
    mí? ¿Nos amas, Bertha? ¡Dime la verdad! Dímela. Dímela
    con los ojos. ¡O habla!

        (Ella no contesta. En el silencio se oye caer la lluvia).

Acto III

Salón de la casa de Richard Rowan en Merrion. La puerta plegable de la derecha está cerrada y también la puerta doble que da al jardín. Las cortinas de felpa verde están corridas sobre la ventana de la izquierda. La estancia se encuentra en penumbra.

Primera hora de la mañana del día siguiente. Bertha está sentada junto a la ventana, mirando entre las cortinas. Lleva una amplia bata de color azafrán. Su cabello está peinado con descuido sobre las orejas y recogido en la nuca. Tiene las manos una encima de la otra sobre el regazo. Su rostro está pálido y macilento.

> *(Brigid entra por la puerta plegable de la derecha con guardapolvo y plumero. Se dirige hacia el interior pero, al ver a Bertha, se detiene de golpe e instintivamente se santigua).*

BRIGID. ¡Vaya horas, señora! Se me ha puesto el corazón del revés. ¿Cómo es que se ha levantado tan temprano?

BERTHA. ¿Qué hora es?

BRIGID. Las siete pasadas, señora. ¿Hace mucho que está levantada?

BERTHA. Hace un buen rato.

BRIGID. *(Acercándose a ella)*. ¿La ha despertado una pesadilla?

BERTHA. No he dormido en toda la noche. Así que me he levantado para ver el amanecer.

BRIGID. *(Abre la puerta doble del jardín)*. Hace una mañana preciosa después de toda la lluvia que hemos tenido. *(Se da la vuelta)*. Pero tiene que estar usted derrengada, señora. ¿Qué va a decir el señor de una cosa así? *(Va a la puerta del estudio y llama)*. ¡Señor Richard!

BERTHA. *(Mira alrededor)*. No está. Se fue hace una hora.

BRIGID. Se habrá ido a andar por la playa, ¿no?

BERTHA. Sí.

BRIGID. *(Va hacia ella y se inclina sobre el respaldo de una silla)*. ¿Está usted atormentándose por alguna cosa, señora?

BERTHA. No, Brigid.

BRIGID. No esté. Siempre ha sido así, marchándose él solo a divagar por ahí. Es un ave rara, el señor Richard, y siempre lo ha sido. Créame que no tiene una sola querencia que yo no conozca. ¿Se está usted quizá atormentando porque se pasa ahí *(señalando el estudio)* la mitad de la noche con sus libros? Déjelo en paz. Ya vendrá a buscarla después. Créame que él piensa que el sol amanece por los ojos de usted, señora.

BERTHA. *(Con tristeza)*. Esos tiempos ya pasaron.

BRIGID. *(Confidencialmente)*. Y buenas razones tengo para acordarme de aquello…, de aquella época cuando le hacía la corte. *(Se sienta junto a Bertha; en voz más baja)*. ¿Sabe que me lo contaba todo de usted y que a su madre, que Dios la tenga en su seno, no le contaba nada? De sus cartas y todo.

BERTHA. ¿Cómo? ¡Las cartas que yo le escribía!

BRIGID. *(Encantada)*. Sí. Me parece estar viéndolo sentado en la mesa de la cocina, columpiando las piernas y venga a hablar y a hablar de usted y de Irlanda y de todo tipo de diabluras, y eso con una vieja ignorante como yo. Pero así ha hecho siempre las cosas. Y si tenía que hablar con una persona importante y principal, se hacía el doble de importante. *(De pronto mira a Bertha)*. Pero ¿se va a poner a llorar ahora? Ay, hágame caso, no llore. Le quedan muchos buenos momentos.

BERTHA. No, Brigid, ese momento llega solo una vez. El resto de la vida no sirve para nada, solo para recordar ese momento.

BRIGID. *(Guarda silencio unos instantes; después dice con amabilidad)*. ¿Le gustaría una taza de té, señora? Eso hará que se sienta mejor.

BERTHA. Sí, me gustaría. Pero el lechero aún no ha venido.

BRIGID. No. El señorito Archie me dijo que lo despertara antes de que llegue. Se va a ir a dar una vuelta en la carreta. Ah, pero me queda un poquito de anoche. Pongo a hervir la tetera en un santiamén. ¿Quiere también un huevo bien rico?

BERTHA. No, gracias.

BRIGID. ¿Y una tostadita?

BERTHA. No, Brigid, gracias. Solo una taza de té.

BRIGID. *(Yendo hacia la puerta plegable)*. No tardo nada. *(Se detiene, se da la vuelta y va hacia la puerta de la izquierda)*. Pero primero tengo que despertar al señorito Archie o si no luego habrá jaleo.

> *(Sale por la puerta de la izquierda. Al cabo de unos instantes Bertha se levanta y va hasta el estudio. Abre la puerta de par en par y mira dentro. Puede verse una habitación pequeña y desordenada con muchas estanterías de libros, una gran mesa de escribir con papeles y con una lámpara encendida y,*

ante ella, una silla acolchada. Se queda unos ins-
tantes de pie en la entrada y después cierra la
puerta sin entrar en la habitación. Regresa a su
silla junto a la ventana y se sienta.

Archie, vestido como antes, entra por la puerta
de la derecha seguido de Brigid).

ARCHIE. *(Va hasta Bertha y acerca la cara para recibir un beso).*
Buon giorno, mamma!

BERTHA. *(Dándole un beso). Buon giorno, Archie! (A Brigid).* ¿Le
has puesto una camiseta interior debajo?

BRIGID. No me ha dejado, señora.

ARCHIE. No tengo frío, mamá.

BERTHA. ¿No te he dicho que te la tienes que poner?

ARCHIE. Pero si no hace frío.

BERTHA. *(Se saca una peineta de la cabeza y le peina el pelo hacia
atrás por ambos lados).* Y tienes ojos de sueño.

BRIGID. Se acostó justo después de que saliera usted anoche,
señora.

ARCHIE. ¿Sabes que me va a dejar las riendas, *mamma?*

BERTHA. *(Volviendo a ponerse la peineta en el cabello, lo abraza
súbitamente).* ¡Ay, este hombretón, que ya va a llevar un
caballo!

BRIGID. Desde luego embobado con los caballos está.

ARCHIE. *(Soltándose).* Voy a hacer que vaya rápido. Me vas a ver
por la ventana, *mamma.* Con el látigo. *(Hace el gesto de
restallar un látigo y grita a todo pulmón). Avanti!*

BRIGID. ¿Le vas a pegar al pobre caballo?

BERTHA. Ven aquí que te limpie la boca. *(Saca su pañuelo del
bolsillo de la bata, lo humedece con la lengua y le limpia la
boca).* Estás todo lleno de churretones o de no sé qué. Qué
cosa más sucia que es este chiquillo.

ARCHIE. *(Repite, riendo)*. ¡Churretones! ¿Qué son los churretones?

(Se oye el tintineo de un cántaro de leche contra la barandilla frente a la ventana).

BRIGID. *(Aparta las cortinas y mira fuera)*. ¡Ya está aquí!

ARCHIE. *(Rápidamente)*. Espera. Ya estoy listo. ¡Adiós, *mamma*! *(La besa apresuradamente y se da la vuelta para irse)*. ¿Está levantado papi?

BRIGID. *(Cogiéndole del brazo)*. Venga, vamos.

BERTHA. Ve con cuidado, Archie, y no tardes mucho porque, si no, no te dejo ir más.

ARCHIE. Vale. Mira por la ventana, así me ves. Adiós.

(Brigid y Archie salen por la puerta de la izquierda. Bertha se levanta y, tras descorrer aún más las cortinas, se queda de pie contra el marco de la ventana mirando afuera. Se oye abrirse la puerta de la calle; luego se oye un ruido apagado de voces y cántaros. Se cierra la puerta. Después de unos instantes Bertha saluda alegremente con la mano. Brigid entra y se queda tras ella, mirando por encima de su hombro).

BRIGID. ¡Mírelo ahí sentadito! Qué serio que va.

BERTHA. *(Retrocediendo de pronto)*. Apártese de la ventana. No quiero que me vean.

BRIGID. Pero, señora, ¿qué pasa?

BERTHA. *(Yendo hacia la puerta plegable)*. Diga que no estoy visible, que no me encuentro bien. No puedo ver a nadie.

BRIGID. *(La sigue)*. ¿Quién es, señora?

BERTHA. *(Titubeante)*. Espere un momento.

(*Escucha. Se oye un golpe en la puerta de la calle*).

BERTHA. *(Se queda unos instantes dudando; después)*. No, diga que estoy.

BRIGID. *(Dudosa)*. ¿Aquí?

BERTHA. *(Apresuradamente)*. Sí. Diga que me acabo de levantar.

> (*Brigid sale por la izquierda. Bertha va hacia la puerta doble del jardín y toquetea nerviosamente las cortinas como si las arreglase. Se oye abrirse la puerta de la calle. Después entra Beatrice Justice y, como Bertha no se da la vuelta de inmediato, se queda indecisa junto a la puerta de la izquierda. Va vestida como antes y lleva un periódico en la mano*).

BEATRICE. *(Avanza rápidamente)*. Señora Rowan, perdóneme por venir a esta hora.

BERTHA. *(Se vuelve)*. Buenos días, señorita Justice. *(Va hacia ella)*. ¿Ocurre algo?

BEATRICE. *(Nerviosamente)*. No lo sé. Eso es lo que quería preguntarle.

BERTHA. *(La mira con curiosidad)*. Está usted sin aliento. ¿Por qué no se sienta?

BEATRICE. *(Sentándose)*. Gracias.

BERTHA. *(Toma asiento frente a ella; señala el periódico)*. ¿Dice alguna cosa el periódico?

BEATRICE. *(Se ríe nerviosamente; abre el periódico)*. Sí.

BERTHA. ¿Sobre Dick?

BEATRICE. Sí. Aquí. Es un artículo largo, un editorial, de mi primo. Es toda su vida. ¿Quiere leerlo?

BERTHA. *(Coge el periódico y lo abre)*. ¿Dónde está?

BEATRICE. A la mitad. Se titula: «Un irlandés distinguido».

BERTHA. ¿Es… a favor de Dick o en contra?

BEATRICE. *(Afectuosamente).* ¡Oh, a favor! Puede leer lo que dice sobre el señor Rowan. Sé que anoche Robert se quedó en la ciudad hasta muy tarde para escribirlo.

BERTHA. *(Nerviosa).* Sí. ¿Está segura?

BEATRICE. Sí. Hasta muy tarde. Le oí llegar a casa. Eran más de las dos.

BERTHA. *(Observándola).* ¿Y eso la sobresaltó? Me refiero a que la despertasen a esas horas de la madrugada.

BEATRICE. Tengo el sueño ligero. Pero sabía que él volvía del despacho, y además… sospechaba que había escrito un artículo sobre el señor Rowan y que por eso volvía tan tarde.

BERTHA. ¡Qué rápido llegó a esa conclusión!

BEATRICE. Bueno, después de lo que pasó aquí ayer por la tarde…, me refiero a lo que dijo Robert, que el señor Rowan había aceptado el puesto. Era normal pensar que…

BERTHA. Ah, sí. Claro.

BEATRICE. *(Apresuradamente).* Pero eso no es lo que me sobresaltó. Sino que justo después oí un ruido en la habitación de mi primo.

BERTHA. *(Arruga el periódico apretándolo con las manos, sin aliento).* ¡Dios mío! ¿Qué ha pasado? Dígamelo.

BEATRICE. *(Observándola).* ¿Por qué se altera tanto?

BERTHA. *(Recostándose en el respaldo, con una risa forzada).* Sí, tiene razón, qué cosa más tonta. Es que tengo los nervios alterados. Yo también he dormido mal. Por eso me he levantado tan pronto. Pero, dígame, ¿qué pasó?

BEATRICE. Era solo el ruido de su maleta al arrastrarla por el suelo. Después lo oí caminar por su habitación, silbando bajito. Y después oí cómo le echaba el cerrojo y le apretaba las correas.

BERTHA. ¡Se marcha!

BEATRICE. Eso es lo que me sobresaltó. Tuve miedo de que hubiera reñido con el señor Rowan y que el artículo fuera un ataque contra él.

BERTHA. ¿Por qué iban a reñir? ¿Ha notado alguna cosa entre ellos?

BEATRICE. Me pareció notar algo. Cierta frialdad.

BERTHA. ¿Últimamente?

BEATRICE. Desde hace algún tiempo.

BERTHA. *(Alisando el periódico)*. ¿Sabe la razón?

BEATRICE. *(Titubeante)*. No.

BERTHA. *(Tras una pausa)*. Bueno, pero si el artículo es a su favor, como dice usted, entonces es que no han reñido. *(Reflexiona un instante)*. Y además lo escribió anoche.

BEATRICE. Sí. He comprado el periódico enseguida para leerlo. Pero ¿por qué se irá tan de repente? Me parece que algo no está bien. Me parece que algo ha pasado entre ellos.

BERTHA. ¿Eso la preocupa?

BEATRICE. Me preocupa mucho. Robert es mi primo carnal, señora Rowan, y me daría una pena enorme que tratase mal al señor Rowan ahora que ha vuelto, o que tuvieran una riña seria, sobre todo porque...

BERTHA. *(Jugueteando con el periódico)*. ¿Sí?

BEATRICE. Porque fue mi primo quien animó al señor Rowan a que volviese. Y eso lo llevo sobre la conciencia.

BERTHA. Pero ¿no debería llevarlo sobre la conciencia el señor Hand?

BEATRICE. *(Dudando)*. Yo también. Porque... yo le hablaba a mi primo sobre el señor Rowan después de que se marchara y, hasta cierto punto, fui yo quien...

BERTHA. *(Asiente despacio)*. Ya veo. Eso es lo que pesa sobre su conciencia. ¿Solo eso?

BEATRICE. Creo que sí.

BERTHA. *(Casi con alborozo)*. Parece ser que fue usted, señorita Justice, quien hizo que mi marido volviese a Irlanda.

BEATRICE. ¿Yo, señora Rowan?

BERTHA. Sí, usted. Por las cartas que le escribía a mi marido y por hablarle de él a su primo, como acaba de decir. ¿No le parece que fue usted quien hizo que volviera?

BEATRICE. *(Ruborizándose de pronto)*. No. No se me había ocurrido.

BERTHA. *(La observa un instante, después aparta el rostro)*. Supongo que sabe que mi marido está escribiendo mucho desde que ha vuelto.

BEATRICE. ¿Ah, sí?

BERTHA. ¿No lo sabía? *(Señala el estudio)*. Se pasa casi toda la noche ahí dentro escribiendo. Noche tras noche.

BEATRICE. ¿En su estudio?

BERTHA. Estudio o dormitorio. Puede llamarlo como quiera. También duerme ahí, en un sofá cama. Anoche durmió ahí. Se lo puedo enseñar si no me cree.

> *(Se pone en pie para ir hacia el estudio. Beatrice se pone rápidamente en pie a medias y hace un gesto de rechazo)*.

BEATRICE. Pues claro que la creo, señora Rowan, si usted lo dice.

BERTHA. *(Sentándose de nuevo)*. Sí. Está escribiendo. Y debe de ser sobre algo que ha pasado en su vida hace poco, desde que volvimos a Irlanda. Un cambio. ¿Sabe usted si se ha producido algún cambio en su vida? *(La mira inquisitivamente)*. ¿Ha sabido o sentido algo al respecto?

BEATRICE. *(Responde con fijeza a su mirada)*. Señora Rowan, esa pregunta no me la tiene que hacer a mí. Si se ha producido algún cambio en su vida desde que ha vuelto, eso lo debería saber y sentir usted.

BERTHA. Usted también podría saberlo. Tiene usted mucha intimidad en esta casa.

BEATRICE. No soy la única persona que tiene intimidad aquí.

>   (*Se miran la una a la otra fríamente unos instantes.
>   Bertha deja a un lado el periódico y se sienta en una
>   silla más cerca de Beatrice*).

BERTHA. (*Poniendo una mano en la rodilla de Beatrice*). ¿Así que usted también me odia, señorita Justice?

BEATRICE. (*Con esfuerzo*). ¿Odiarla? ¿Yo?

BERTHA. (*Con insistencia pero con suavidad*). Sí. ¿Sabe usted lo que significa odiar a alguien?

BEATRICE. ¿Por qué iba a odiarla? Yo nunca he odiado a nadie.

BERTHA. ¿Ha amado usted a alguien? (*Pone la mano en la muñeca de Beatrice*). Dígame. ¿Ha amado?

BEATRICE. (*También con suavidad*). Sí. En el pasado.

BERTHA. ¿Ahora no?

BEATRICE. No.

BERTHA. ¿Puede decirme eso… con sinceridad? Míreme.

BEATRICE. (*La mira*). Sí. Puedo.

>   (*Breve pausa. Bertha retira la mano y aparta la
>   cara con cierto embarazo*).

BERTHA. Ha dicho hace un momento que hay otra persona que tiene intimidad en esta casa. Se refiere usted a su primo. ¿Fue a él a quien…?

BEATRICE. Sí.

BERTHA. ¿No lo ha olvidado?

BEATRICE. *(En voz baja)*. Lo he intentado.

BERTHA. *(Apretando las manos)*. Me odia usted. Cree que soy feliz. ¡Si supiera lo equivocada que está!

BEATRICE. *(Niega con la cabeza)*. Yo no creo eso.

BERTHA. ¡Feliz! ¡Si no entiendo nada de lo que escribe, si no puedo ayudarlo en nada, si a veces no entiendo la mitad de lo que me dice! Usted sí podría, usted sí que puede. *(Con excitación)*. Pero tengo miedo por él, tengo miedo por ellos dos. *(Se levanta de pronto y va hacia el escritorio)*. No puede marcharse así. *(Saca una libreta y escribe unas líneas con gran prisa)*. ¡No, no puede ser! ¿Es que se ha vuelto loco para hacer una cosa así? *(Volviéndose hacia Beatrice)*. ¿Está todavía en casa?

BEATRICE. *(Observándola con asombro)*. Sí. ¿Le está escribiendo para que venga?

BERTHA. *(Se pone en pie)*. Sí. Voy a mandar a Brigid con la nota. ¡Brigid!

> *(Sale rápidamente por la puerta de la izquierda)*.

BEATRICE. *(Mirándola fijamente al irse; instintivamente)*. ¡Entonces es verdad!

> *(Mira hacia la puerta del estudio de Richard y se aferra la cabeza con las manos. Después, recobrándose, coge el papel de la mesita, lo abre, saca un estuche para gafas de su bolso y, tras ponerse las gafas, se inclina para leerlo.*
>
> *Richard Rowan entra desde el jardín. Está vestido como antes, pero ahora lleva un sombrero blando y un bastón delgado)*.

RICHARD. *(Se queda unos instantes en el hueco de la puerta, observándola).* Hay demonios *(señala en dirección a la playa)* por allí. Llevo oyéndolos parlotear desde la aurora.

BEATRICE. *(Poniéndose bruscamente en pie).* ¡Señor Rowan!

RICHARD. Se lo aseguro. La isla está llena de voces.* También de la de usted. «Porque es la única manera de verte», dijo la isla. Y la voz de ella. Y la voz de él. Sin embargo, le aseguro que son todos demonios. Me santigüé al revés y eso hizo que se callaran.

BEATRICE. *(Tartamudeando).* He venido tan temprano, señor Rowan, porque… para enseñarle esto… que Robert escribió… sobre usted… anoche.

RICHARD. *(Se quita el sombrero).* Mi querida señorita Justice, usted me dijo ayer, según creo, por qué viene aquí y yo jamás olvido nada. *(Avanzando hacia ella, extendiendo las manos).* Buenos días.

BEATRICE. *(Se quita súbitamente las gafas y le pone el periódico en las manos).* He venido por esto. Es un artículo sobre usted. Robert lo escribió anoche. ¿Quiere leerlo?

RICHARD. *(Hace una inclinación).* ¿Leerlo ahora? Desde luego.

BEATRICE. *(Lo mira con desesperación).* Ay, señor Rowan, sufro de verle así.

RICHARD. *(Abre el periódico y lee).* «Muerte del muy reverendo canónigo Mulhall». ¿Es esto?

> *(Bertha aparece en la puerta de la izquierda y se queda escuchando).*

---

* Cita modificada de *La tempestad*, de Shakespeare, III, 2, 133, habla Calibán. *(N. del T.)*

RICHARD. *(Pasa la página).* Ah, sí, ¡aquí estamos! «Un irlandés distinguido». *(Comienza a leer con voz demasiado fuerte y dura).* «Entre los problemas a los que ha de enfrentarse nuestra patria no es uno de los menores su actitud hacia aquellos hijos suyos que, tras haberla abandonado en su momento de necesidad, han sido ahora convocados a ella en vísperas de su tan aguardada victoria, a ella a la que en la soledad y el exilio han aprendido finalmente a amar. En el exilio, decimos, pero aquí debemos hacer una distinción. Existe un exilio económico y uno espiritual. Existen aquellos que la abandonan para buscar el pan con el que han de vivir los hombres y existen aquellos otros, en realidad sus hijos predilectos, que la abandonan para buscar en otras tierras el alimento espiritual con el cual se sostiene con vida una nación de seres humanos. Quienes recuerden la vida intelectual de Dublín de hace una década conservarán sin duda numerosos recuerdos del señor Rowan. Algo en aquella feroz indignación que laceraba el corazón…».

> *(Levanta la vista del periódico y ve a Bertha de pie en el hueco de la puerta. Entonces deja el periódico a un lado y se queda mirándola. Largo silencio).*

BEATRICE. *(Con esfuerzo).* ¿Ve, señor Rowan?, al fin le sonríe la suerte. Incluso aquí. Y ya ve que Robert es un buen amigo, un amigo que lo comprende.

RICHARD. ¿Te has fijado en la frasecita del principio: «Aquellos que la abandonaron en su momento de necesidad»?

> *(Mira inquisitivamente a Bertha, se da la vuelta, camina hasta entrar en su estudio y cierra la puerta).*

BERTHA. *(Hablando a medias para sí misma)*. Lo dejé todo por él, mi religión, mi familia, mi propia paz.

(Se sienta pesadamente en un sillón. Beatrice va hasta ella).

BEATRICE. *(Débilmente)*. Pero ¿no cree que las ideas del señor Rowan...?

BERTHA. *(Con amargura)*. ¡Ideas, ideas! Pero las demás personas de este mundo tienen otras ideas, o fingen tenerlas. Y tienen que aguantarlo a pesar de sus ideas porque sabe hacer algo. Yo no. Yo no soy nada.

BEATRICE. Usted ha permanecido a su lado.

BERTHA. *(Con creciente amargura)*. ¡Tonterías, señorita Justice! Soy solo una cosa con la que se quedó enredado y mi hijo es... ese nombre tan agradable que les dan a los niños como él. ¿Cree usted que soy de piedra? ¿Cree que no lo veo en los ojos y los gestos de todos ellos cuando me ven?

BEATRICE. No deje que la humillen, señora Rowan.

BERTHA. *(Altivamente)*. ¿Humillarme? Estoy muy orgullosa de mí misma, para que lo sepa. ¿Qué han hecho ellos por él? Yo lo he convertido en un hombre. ¿Qué pintan ellos en su vida? ¡Menos que el barro en la suela de sus zapatos! *(Se levanta y camina excitadamente de un lado a otro)*. Ya puede él despreciarme como los demás. Y ya puede usted despreciarme. Pero jamás me humillaréis, ninguno de vosotros.

BEATRICE. Pero ¿por qué me acusa a mí?

BERTHA. *(Yendo hacia ella de manera impulsiva)*. Estoy sufriendo mucho. Perdóneme si he sido grosera. Me gustaría que fuéramos amigas. *(Extiende las manos)*. ¿Quiere?

BEATRICE. *(Tomando sus manos)*. Con mucho gusto.

BERTHA. *(Mirándola).* ¡Qué pestañas tan largas y tan bonitas tiene! ¡Y sus ojos tienen una expresión tan triste!

BEATRICE. *(Sonriendo).* Veo muy poco con ellos. Son muy débiles.

BERTHA. *(Afectuosamente).* Pero muy bonitos.

> *(La abraza en silencio y la besa. Después se aparta de ella con cierta timidez. Brigid entra por la izquierda).*

BRIGID. Se la he dado en persona, señora.

BERTHA. ¿Ha respondido algo?

BRIGID. Justo estaba saliendo, señora. Me pidió que le dijera que vendría aquí al poco de llegar yo.

BERTHA. Gracias.

BRIGID. *(Yéndose).* ¿Quiere tomar ahora el té y una tostada, señora?

BERTHA. Ahora no, Brigid. Quizá luego. Cuando venga el señor Hand, hágale pasar de inmediato.

BRIGID. Sí, señora.

> *(Sale por la izquierda).*

BEATRICE. Me voy antes de que llegue, señora Rowan.

BERTHA. *(Con cierta timidez).* Entonces ¿somos amigas?

BEATRICE. *(En el mismo tono).* Lo intentaremos. *(Dándose la vuelta).* ¿Le importa que salga por el jardín? No quiero encontrarme con mi primo.

BERTHA. Claro. *(La toma de la mano).* Es extraño que hablemos ahora de esta forma. Pero yo siempre lo he deseado. ¿Y usted?

BEATRICE. Creo que yo también.

BERTHA. *(Sonriendo)*. Incluso en Roma. Cuando salía a pasear con Archie solía pensar en usted, en cómo era, porque sabía de usted por Dick. Solía mirar a las personas que salían de una iglesia o que pasaban en un carruaje, y pensaba que quizá se parecían a usted. Porque Dick me había dicho que era usted morena.

BEATRICE. *(De nuevo nerviosamente)*. ¿De verdad?

BERTHA. *(Apretándole la mano)*. Adiós entonces… por el momento.

BEATRICE. *(Retirando la mano)*. Buenos días.

BERTHA. La acompaño hasta la cancela.

> *(Sale con ella por la puerta doble. Se alejan por el jardín.*
>
> *Richard Rowan entra desde el estudio. Se detiene junto a la puerta doble, mira hacia el fondo del jardín. Después se da la vuelta, va hasta la mesita, coge el periódico y lee. Bertha, al cabo de unos instantes, aparece en el hueco de la puerta y se queda mirándolo hasta que él termina. Richard deja de nuevo el periódico y se vuelve para regresar al estudio).*

BERTHA. ¡Dick!

RICHARD. *(Deteniéndose)*. ¿Sí?

BERTHA. No me has dirigido la palabra.

RICHARD. No tengo nada que decir. ¿Tienes tú algo que decir?

BERTHA. ¿No quieres saber… lo que pasó anoche?

RICHARD. Eso no lo sabré nunca.

BERTHA. Te lo diré si me lo preguntas.

RICHARD. Tú me lo dirás. Pero yo nunca lo sabré. Nunca en toda mi vida.

BERTHA. *(Avanzando hacia él).* Te diré la verdad, Dick, como siempre te la he dicho. Nunca te he mentido.

RICHARD. *(Apretando los puños en el aire con vehemencia).* Sí, sí. ¡La verdad! Pero jamás lo sabré, te digo.

BERTHA. Entonces ¿por qué te fuiste anoche?

RICHARD. *(Con amargura).* En tu momento de necesidad.

BERTHA. *(Amenazadoramente).* Tú me animaste. Y no porque me quieras. Si me quisieras o supieras qué es el amor no te habrías ido. Me animaste por tu propio interés.

RICHARD. Yo no me hice a mí mismo. Yo soy lo que soy.

BERTHA. Para poder echármelo en cara siempre. Para humillarme ante ti como haces siempre. Para ser libre tú. *(Señalando hacia el jardín).* ¡Con ella! ¡Ese es tu amor! Cada palabra que dices es mentira.

RICHARD. *(Controlándose).* Es inútil pedirte que me escuches.

BERTHA. ¡Escúchate a ti mismo! Ella es la persona que sabe escucharte. ¿Por qué habrías de perder el tiempo conmigo? Habla con ella.

RICHARD. *(Asiente).* Ya veo. La has apartado de mí como has apartado a todo el mundo de mi lado, cada amigo que he tenido, cada ser humano que ha intentado acercarse a mí. La odias.

BERTHA. *(Afectuosamente).* ¡Nada de eso! Me parece que la has hecho tan infeliz como a mí y como hiciste infeliz a tu difunta madre hasta matarla. ¡Matamujeres! Ese es tu nombre.

RICHARD. *(Se da la vuelta para irse). Arrivederci!*

BERTHA. *(Con excitación).* Tiene un carácter delicado y noble. Le tengo mucho aprecio. Ella es todo lo que yo no soy… en cuanto a cuna y a educación. Tú intentaste destruirla, pero no lo conseguiste. Porque ella es demasiado lista para ti…, no como yo. Y tú lo sabes.

RICHARD. *(Casi gritando)*. ¿Para qué demonios hablas de ella?

BERTHA. *(Aferrándose las manos)*. ¡Ah, cómo desearía no haberte conocido nunca! ¡Cómo maldigo ese día!

RICHARD. *(Con amargura)*. Te estorbo, ¿no es eso? Ahora quieres ser libre. Solo tienes que decirlo.

BERTHA. *(Con orgullo)*. Cuando gustes, estoy preparada.

RICHARD. Para así encontrarte con tu amante… libremente.

BERTHA. Sí.

RICHARD. Noche tras noche.

BERTHA. *(Con la mirada perdida y fija y con intensa pasión)*. ¡Para encontrarme con mi amante! *(Extendiendo los brazos ante ella)*. ¡Mi amante! ¡Sí! ¡Mi amante!

> *(Rompe de pronto a llorar y se deja caer en una silla cubriéndose el rostro con las manos. Richard se acerca a ella lentamente y le toca el hombro).*

RICHARD. ¡Bertha! *(Ella no responde)*. Bertha, eres libre.

BERTHA. *(Le aparta la mano y se pone de pie)*. ¡No me toques! Para mí eres un extraño. No entiendes nada de mí, ni una sola cosa de mi alma o de mi corazón. ¡Un extraño! ¡Estoy viviendo con un extraño!

> *(Se oye un golpe en la puerta del vestíbulo. Bertha se seca rápidamente los ojos con su pañuelo y se arregla la parte frontal de la bata. Richard escucha unos instantes, la mira intensamente, se da la vuelta y entra en su estudio.*
>
> *Robert Hand entra por la izquierda. Va vestido de* tweed *marrón oscuro y en la mano lleva un sombrero tirolés marrón).*

ROBERT. *(Cerrando la puerta en silencio tras de sí)*. Me has hecho llamar.

BERTHA. *(Se levanta)*. Sí. ¿Es que estás loco, que se te ocurre irte así…, sin ni siquiera venir aquí…, sin decir nada?

ROBERT. *(Avanzando hasta la mesa en la que está el periódico, mirándolo)*. Lo que tengo que decir lo he dicho ahí.

BERTHA. ¿Cuándo lo escribiste? ¿Anoche… después de que yo me fuera?

ROBERT. *(Con tono digno)*. Para ser exactos, escribí parte… en mi cabeza… antes de que te fueras. El resto, la peor parte, lo escribí después. Mucho después.

BERTHA. ¡Y pudiste escribir anoche!

ROBERT. *(Se encoge de hombros)*. Soy un animal bien adiestrado. *(Se acerca a ella)*. Pasé una larga y errabunda noche después… en mi despacho, en la casa del vicerrector, en un cabaret, en las calles, en mi habitación. Tu imagen estaba siempre ante mí, sentía tu mano en mi mano. *(Deja el sombrero en la mesa y le coge la mano)*. ¿Por qué no me miras? ¿Es que no puedo tocarte?

BERTHA. *(Señala el estudio)*. Dick está ahí.

ROBERT. *(Le suelta la mano)*. En tal caso, a portarse bien, niños.

BERTHA. ¿Adónde te vas?

ROBERT. Al extranjero. Es decir, a casa de mi primo Jack Justice, alias Doggy Justice, en Surrey. Tiene una bonita casa de campo y el aire allí es templado.

BERTHA. ¿Por qué te vas?

ROBERT. *(La mira en silencio)*. ¿No se te ocurre ninguna razón?

BERTHA. ¿Es por mí?

ROBERT. Sí. No me sentiría bien quedándome.

BERTHA. *(Se sienta con gesto de impotencia)*. Pero eso es una crueldad por tu parte, Robert. Cruel para mí y también para él.

ROBERT. ¿Te ha preguntado… qué ocurrió?

BERTHA. *(Uniendo las manos con desesperación).* No. Se niega a preguntarme nada. Dice que nunca sabrá lo que ocurrió.

ROBERT. *(Asiente con gesto grave).* Richard tiene razón en eso. Siempre tiene razón.

BERTHA. Pero, Robert, tienes que hablar con él.

ROBERT. ¿Y qué quieres que le diga?

BERTHA. ¡La verdad! ¡Todo!

ROBERT. *(Reflexiona).* No, Bertha. Sería hablar de hombre a hombre. Y no le puedo contar todo.

BERTHA. Creerá que te vas porque tienes miedo de enfrentarte a él después de anoche.

ROBERT. *(Tras una pausa).* En fin, no soy más cobarde que él. Le hablaré.

BERTHA. *(Se levanta).* Voy a llamarlo.

ROBERT. *(Agarrando sus manos).* ¡Bertha! ¿Qué pasó anoche? ¿Cuál es esa verdad que voy a contarle? *(La mira a los ojos con seriedad y fijeza).* ¿Fuiste mía aquella sagrada noche de amor? ¿O lo he soñado?

BERTHA. *(Sonríe débilmente).* Acuérdate de cómo me soñaste. Anoche soñaste que yo era tuya.

ROBERT. ¿Y esa es la verdad, que fue un sueño? ¿Es eso lo que le voy a contar?

BERTHA. Sí.

ROBERT. *(Le besa ambas manos).* ¡Bertha! *(Con voz más suave).* De toda mi vida, solo ese sueño es real. De todo lo demás me olvido. *(Besa sus manos de nuevo).* Ahora puedo decirle la verdad. Llámale.

> *(Bertha va hasta la puerta del estudio de Richard y golpea. No hay respuesta. Golpea de nuevo).*

BERTHA. Dick. *(No hay respuesta).* El señor Hand está aquí. Quiere hablar contigo, quiere despedirse. Se marcha. *(No hay respuesta. Da varios fuertes golpes con la palma de la mano en la hoja de la puerta y dice con voz alarmada).* ¡Dick! ¡Contéstame!

> *(Richard Rowan entra desde el estudio. Se dirige enseguida hacia Robert, pero no le tiende la mano).*

RICHARD. *(Con calma).* Te agradezco tu amable artículo sobre mí. ¿Es verdad que has venido a decir adiós?
ROBERT. No hay nada que agradecerme, Richard. Soy tu amigo ahora y siempre. Ahora más que nunca. Me crees, ¿verdad?

> *(Richard se sienta en una silla y hunde el rostro entre las manos. Bertha y Robert se miran el uno al otro en silencio. Después ella se da la vuelta y sale sin hacer ruido por la derecha. Robert va hacia Richard y se queda de pie junto a él, con las manos apoyadas en el respaldo de una silla, mirándolo. Hay un largo silencio.*
> *Se oye gritar a una pescadera que pasa por la calle fuera).*

LA PESCADERA. ¡Arenque fresco de la bahía de Dublín! ¡Arenque fresco de la bahía de Dublín! ¡Arenque de la bahía de Dublín!
ROBERT. *(Tranquilamente).* Te voy a contar la verdad, Richard. ¿Me estás escuchando?
RICHARD. *(Alza el rostro y se endereza para escuchar).* Sí.

> *(Robert se sienta en la silla contigua. Se oye a la pescadera gritar más lejos).*

LA PESCADERA. ¡Arenque fresco! ¡Arenque de la bahía de Dublín!

ROBERT. Fracasé, Richard. Esa es la verdad. ¿Me crees?

RICHARD. Te estoy escuchando.

ROBERT. Fracasé. Ella es tuya como lo era hace nueve años, cuando la conociste.

RICHARD. Cuando la conocimos, quieres decir.

ROBERT. Sí. *(Baja la mirada unos instantes)*. ¿Quieres que continúe?

RICHARD. Sí.

ROBERT. Ella se fue. Me quedé solo, por segunda vez. Fui a la casa del vicerrector y cené con él. Le dije que te encontrabas enfermo y que irías otro día. Solté epigramas viejos y nuevos…, el de las estatuas también. Bebí ponche. Me fui a mi despacho y escribí el artículo. Y después…

RICHARD. ¿Y después?

ROBERT. Después fui a cierto cabaret. Había hombres… y también mujeres. Al menos parecían mujeres. Bailé con una de ellas. Me pidió que la acompañara a casa. ¿Quieres que siga?

RICHARD. Sí.

ROBERT. La llevé a casa en un coche de alquiler. Vive cerca de Donnybrook. En el coche tuvo lugar lo que el sutil Duns Scoto llamaba una muerte del espíritu. ¿Quieres que siga?

RICHARD. Sí.

ROBERT. Después se puso a llorar. Me dijo que había estado casada con un abogado y que ahora estaba divorciada. Le ofrecí un soberano porque me dijo que andaba corta de dinero. No quiso aceptarlo y se puso a llorar más aún. Después bebió un poco de agua de melisa de una botellita que llevaba en el bolso. La acompañé hasta su puerta. Después me fui caminando a casa. En mi habitación vi que mi chaqueta estaba toda mojada de agua de melisa. Ayer no tuve suerte ni siquiera con las chaquetas. Esa era la segunda. Entonces se me ocurrió la idea de cambiarme y marcharme en el barco de la mañana. Hice la maleta y me acosté. Me voy en el próximo tren, a casa de mi primo Jack Justice en Surrey. Quizá un par de semanas. Quizá más. ¿Te desagrada oír todo esto?

RICHARD. ¿Por qué no te fuiste en barco?

ROBERT. Me quedé dormido.

RICHARD. ¿Pensabas irte sin despedirte, sin venir aquí?

ROBERT. Sí.

RICHARD. ¿Por qué?

ROBERT. Mi historia no es muy agradable, ¿no te parece?

RICHARD. Pero has venido.

ROBERT. Bertha me escribió para que viniera.

RICHARD. ¿Y si no fuera por eso…?

ROBERT. Si no fuera por eso, no habría venido.

RICHARD. ¿Pensaste que si te hubieras ido sin venir aquí yo lo habría entendido… a mi manera?

ROBERT. Sí, eso pensé.

RICHARD. Y, entonces, ¿qué quieres que crea?

ROBERT. Quiero que creas que fracasé. Que Bertha es tuya como lo era hace nueve años, cuando tú… cuando la conocimos.

RICHARD. ¿Quieres saber lo que hice yo?

ROBERT. No.

RICHARD. Vine a casa inmediatamente.

ROBERT. ¿Oíste a Bertha cuando llegó?

RICHARD. No. Estuve toda la noche escribiendo. Y pensando. *(Señala el estudio).* Ahí dentro. Salí antes del amanecer y recorrí la playa de extremo a extremo.

ROBERT. *(Negando con la cabeza).* Sufriendo. Torturándote.

RICHARD. Oyendo voces a mi alrededor. Las voces de aquellos que dicen amarme.

ROBERT. *(Señala la puerta de la derecha).* Esa es una. ¿Y la mía?

RICHARD. Y había otra más.

ROBERT. *(Sonríe y se toca la frente con el índice derecho).* Es verdad. Mi interesante pero más bien melancólica prima. ¿Y qué te decían?

RICHARD. Me decían que pierda la esperanza.

ROBERT. ¡Vaya forma de demostrarte su amor! ¿Y vas a perder la esperanza?

RICHARD. *(Poniéndose en pie).* No.

> *(Se oye un ruido en la ventana. Puede verse la cara de Archie aplastada contra el cristal. Se lo oye gritar).*

ARCHIE. ¡Abrid la ventana! ¡Abrid la ventana!

ROBERT. *(Mira a Richard).* ¿Oíste también su voz con las otras, Richard, en la playa, la voz de tu hijo? *(Sonriendo).* ¡Escucha! ¡Cuánta desesperación hay en ella!

ARCHIE. Abrid la ventana ya, ¿no?, ¡por favor!

ROBERT. Quizá ahí, Richard, está la libertad que buscamos… tú de una forma y yo de otra. En él y no en nosotros. Quizá…

RICHARD. ¿Quizá…?

ROBERT. He dicho «quizá». Diría «sin duda» si…

RICHARD. ¿Si qué?

ROBERT. *(Con una leve sonrisa).* Si fuera mi hijo.

> *(Va hasta la ventana y la abre. Archie entra a cuatro patas).*

ROBERT. Igual que ayer, ¿no es eso?

ARCHIE. ¡Buenos días, señor Hand! *(Corre hacia Richard y le da un beso).* Buon giorno, babbo!

RICHARD. *Buon giorno, Archie.*

ROBERT. ¿Y se puede saber dónde andaba usted, caballerito?

ARCHIE. Por ahí con el lechero. He llevado el caballo. Fuimos a Booterstown. *(Se quita la gorra y la lanza al aire).* Tengo mucha hambre.

ROBERT. *(Coge su sombrero de la mesa).* Adiós, Richard. *(Le tiende la mano).* ¡Hasta la próxima!

RICHARD. *(Se pone en pie, le toca la mano).* Adiós.

(Bertha aparece en la puerta de la derecha).

ROBERT. *(La ve; a Archie).* Coge tu gorra y vente conmigo. Te voy a comprar un bizcocho y a contarte un cuento.

ARCHIE. ¿Puedo, *mamma*?

BERTHA. Sí.

ARCHIE. *(Coge su gorra).* Ya estoy listo.

ROBERT. *(A Richard y a Bertha).* Adiós a *pappa* y a *mamma*. Pero no un gran adiós.

ARCHIE. ¿Me va a contar un cuento de hadas?

ROBERT. ¿Un cuento de hadas? ¿Por qué no? Yo soy como tu hada madrina.

(Salen juntos por la puerta doble y desaparecen en el jardín. Cuando ya se han ido, Bertha va hacia Richard y le pasa el brazo por la cintura).

BERTHA. Dick, cariño, tú me crees cuando te digo que te he sido fiel, ¿verdad? Anoche y siempre.

RICHARD. *(Con tristeza).* No me preguntes eso, Bertha.

BERTHA. *(Apretándose más contra él).* Te he sido fiel, cariño. Me crees, ¿verdad? Yo me entregué a ti por completo. Lo dejé todo por ti. Tú me tomaste… y después me dejaste sola.

RICHARD. ¿Por qué dices que te dejé sola?

BERTHA. Me dejaste sola, y yo esperé a que volvieras a mí. Dick, cariño, ven conmigo. Siéntate. ¡Qué cansado tienes que estar!

> (*Lo lleva hacia el sofá. Él se sienta, casi reclinado, apoyado en un brazo. Ella se sienta en la alfombrilla ante el sofá, cogiéndole la mano*).

BERTHA. Sí, cariño. Te esperé. ¡Santo cielo, lo que sufrí entonces, cuando vivíamos en Roma! ¿Te acuerdas de la terraza de nuestra casa?

RICHARD. Sí.

BERTHA. Solía sentarme allí, esperando, con el pobre niño y sus juguetes, esperando a que le entrara sueño. Se veían todos los tejados de la ciudad y el río, el *Tevere*. ¿Cómo se llama?

RICHARD. El Tíber.

BERTHA. (*Acariciando su propia mejilla con la mano de él*). Era todo precioso, Dick, pero yo estaba tan triste. Estaba sola, Dick, olvidada por ti y por todos. Sentía que mi vida había terminado.

RICHARD. Y aún no había empezado.

BERTHA. Y miraba el cielo, tan hermoso, sin una nube, y la ciudad que tú decías que era tan antigua, y después pensaba en Irlanda y en nosotros.

RICHARD. ¿En nosotros?

BERTHA. Sí. En nosotros. No pasa un día sin que nos vea a los dos, a ti y a mí, tal como éramos cuando nos conocimos. Todos los días de mi vida lo veo. ¿No te fui fiel todo ese tiempo?

RICHARD. (*Suspira profundamente*). Sí, Bertha. Tú eras mi prometida en el exilio.

BERTHA. A donde quiera que vayas, yo te seguiré. Si quisieras marcharte ahora, yo me marcharía contigo.

RICHARD. Voy a quedarme. Es muy pronto aún para perder la esperanza.

BERTHA. *(Acariciando su mano de nuevo)*. No es verdad que quiero apartar a todo el mundo de tu lado. Yo quería uniros más, a ti y a él. Háblame. Saca todo lo que llevas en el corazón; lo que sientes, lo que te hace sufrir.

RICHARD. Estoy herido, Bertha.

BERTHA. ¿Por qué estás herido, cariño? Explícame qué quieres decir. Voy a tratar de entender todo lo que dices. ¿A qué te refieres con que estás herido?

RICHARD. *(Retira su mano de la suya, le sujeta la cabeza entre las manos, la echa hacia atrás y mira fija y largamente en sus ojos)*. Tengo una profunda herida de duda en mi alma.

BERTHA. *(Inmóvil)*. ¿Duda de mí?

RICHARD. Sí.

BERTHA. Yo soy tuya. *(En un suspiro)*. Que me muera ahora mismo si no soy tuya.

RICHARD. *(Mirándola aún fijamente y hablando como a una persona ausente)*. He herido mi alma por ti, una profunda herida de duda de la que jamás me curaré. Nunca podré saberlo, nunca en toda mi vida. Y no quiero saber ni quiero creer. Eso no me importa. No es en la oscuridad de la creencia donde te deseo, sino en la duda cambiante que está viva y que hiere. No retenerte con ataduras, ni siquiera las del amor, sino estar unido a ti en cuerpo y alma en la más absoluta desnudez. Eso es lo que he ansiado siempre. Y ahora estoy rendido, Bertha. Mi herida me deja rendido.

> *(Se estira con fatiga a lo largo del sofá. Bertha aún sostiene su mano, habla muy suavemente)*.

BERTHA. Olvídame, Dick. Olvídame y enamórate otra vez de mí como la primera vez. Quiero a mi amante, quiero encontrarme con él, ir a él, entregarme a él. A ti, Dick. ¡Oh, mi amante extraño y salvaje, vuelve conmigo!

(Cierra los ojos).

Apéndices

Notas del autor a *Exiliados*

Richard — un automístico
Robert — un automóvil

El alma, al igual que el cuerpo, puede tener virginidad. El acto del amor para la mujer es entregarla, y para el hombre es tomarla. El amor (entendido como el deseo de bien para otro) es en realidad un fenómeno tan antinatural que difícilmente puede repetirse, pues el alma es incapaz de hacerse virgen de nuevo y carece de energía suficiente para lanzarse una vez más al océano de otra alma. La conciencia reprimida de esta incapacidad y de esta falta de energía espiritual es lo que explica la parálisis mental de Bertha.

Edad de Bertha: veintiocho años. Robert la compara con la luna por su vestido. Su edad representa la culminación de un ritmo lunar. Véase Oriani acerca del flujo menstrual: *la malattia sacra che in un rituo lunare prepara la donna per il sacrificio.**

* Alfredo Oriani, *La rivolta ideale* (1908): «La enfermedad sagrada que, en un ritmo lunar, prepara a la mujer para el sacrificio». *(N. del T.)*

Robert quiere que Richard use contra él las armas que las convenciones sociales y la moral ponen en manos del marido. Richard se niega. Bertha también quiere que use esas armas en su defensa. Richard también se niega, y por la misma razón. Su defensa del alma y del cuerpo de Bertha es una espada invisible e imponderable.

Como contribución al estudio de los celos, el *Otelo* de Shakespeare es incompleto. Su análisis, como el de Spinoza, parte del punto de vista sensacionalista: Spinoza habla de *pudendis et excrementis alterius jungere imaginem rei amatae.** Bertha ha considerado la pasión en sí misma, aparte del odio y de la lujuria frustrada. La definición escolástica de los celos como una *passio irascibilis* se acerca más, pues su objeto es un bien difícil de alcanzar. En esta obra de teatro, los celos de Richard se acercan un paso más a su propio corazón. Distintos del odio y con su lascivia frustrada convertida en un estímulo erótico, y además teniendo en su poder el impedimento, la dificultad que los ha provocado, los celos deben revelarse como la mismísima inmolación del placer de la posesión en el altar del amor. Él es celoso, quiere y conoce su propia deshonra y la deshonra de ella, y para él el fin del amor es unirse a cada fase del ser de esta, ya que lograr esa unión en la región de lo difícil, lo vacío y lo imposible es su tendencia natural.

---

* De la *Ética*, parte tercera, «Del origen y la naturaleza de los afectos», proposición 35, escolio (ampliando un poco la cita para darle contexto, en cursiva el fragmento citado por Joyce): «Pues quien imagina que la mujer amada se entrega a otro, no solo se entristece porque esto inhibe su propio apetito, sino porque, *al unir la imagen de la cosa amada a las partes pudendas y a los excrementos de otro*, la aborrece». *(N. del T.)*

Será difícil conseguir que el público se interese por Beatrice, pues cada hombre de ese público es Robert, pero querría ser Richard; es decir, querría ser de Bertha. La nota de compasión puede tañerse cuando se saca las gafas del bolsillo para leer. Los críticos pueden decir lo que quieran, pero todas estas personas (incluso Bertha) sufren durante la acción.

¿Por qué el título *Exiliados*? Una nación exige penitencia a aquellos que osan dejarla en deuda con ellos a su regreso. El hermano mayor en la fábula del Hijo Pródigo es Robert Hand. Su padre se puso de parte del pródigo. Esto, probablemente, no es lo habitual en el mundo, desde luego no en Irlanda; pero el reino de Jesús no era de este mundo, y tampoco su sabiduría lo era o lo es.

La actriz debe expresar el estado de Bertha cuando Richard la abandona espiritualmente mediante una insinuación de hipnosis. Su estado es como el de Jesús en el Huerto de los Olivos. Es el alma de la mujer, a la que se ha abandonado desnuda y sola para que alcance el entendimiento de su propia naturaleza. Debe verse también que la corriente de la acción la transporta hasta el último punto coherente con su inmunidad, y debe mostrar incluso un punto de resentimiento contra el hombre que se niega a tenderle la mano para salvarla. A lo largo de estas experiencias ella impregnará su propio temperamento renacido con el asombro de su alma ante su propia soledad y belleza, que se forma y se disuelve eternamente entre las nubes de la mortalidad.

La fase secundaria e inferior de la posición de Robert es la sospecha de que Richard es un astuto oportunista que usa el cuerpo de Bertha como señuelo para obtener la amistad y el apoyo de Robert. La fase correspondiente en la actitud de Richard es la sospecha de que Robert finge su admiración y su amistad hacia él para así adormecer y aturdir la vigilancia de su mente. Ambos personajes adquieren esas sospechas a partir de una evidencia puramente externa, y en ninguno de los casos esa sospecha emerge a la existencia de forma espontánea a partir de las corrupciones de cada uno.

Una de las ironías de la obra es que, aunque el apóstol de la belleza es Robert y no Richard, la belleza está presente, en su ser visible e invisible, bajo el techo de Richard.

Desde la publicación de las páginas perdidas de *Madame Bovary*,* el centro de la simpatía parece haberse trasladado del amante o galán al marido o cornudo. Este desplazamiento, además, se ha vuelto más estable debido al crecimiento gradual

---

* Se refiere a la publicación completa de *Madame Bovary*, de Flaubert, en 1857, un año después de su aparición en forma serial y con partes expurgadas. *(N. del T.)*

de un realismo práctico de naturaleza colectiva, provocado por el cambio en las condiciones económicas de la mayoría de las personas llamadas a oír y sentir la relación entre una obra de arte y sus propias vidas. Este cambio se utiliza en *Exiliados*, aunque la unión entre Bertha y Richard es irregular en el sentido de que la revuelta espiritual de Richard, que sería extraña e inoportuna de otra forma, puede entrar en conflicto con la decrépita prudencia de Robert con alguna posibilidad de que pueda librarse ante el público una batalla igualada. Praga, en *La crisi*, y Giacosa, en *Tristi amori*, han comprendido este cambio y se aprovechan de él, pero no lo han usado en la forma en que se usa aquí: como un escudo técnico para la protección de una conciencia delicada, extraña y altamente sensitiva.

Robert está convencido de la inexistencia e irrealidad de los hechos espirituales que existen y son reales para Richard. La acción de la obra debería, sin embargo, convencer a Robert de la existencia y realidad de la defensa mística de Bertha por parte de Richard. Si esta defensa es una realidad, ¿cómo podrían ser irreales los hechos en los que se basa?

Sería interesante hacer algunos bocetos de la vida de Bertha si esta hubiera estado unida a Robert durante nueve años; no necesariamente en forma de drama, sino más bien como bocetos impresionistas. Por ejemplo, la esposa de Robert Hand (pues él se habría propuesto hacerlo a la manera decente) comprando alfombras en Grafton Street, asistiendo a las carreras de Leopardstown, provista de un asiento en el estrado durante la inauguración de una estatua, apagando las luces del salón tras una cena de sociedad en la casa de su marido, arrodillada junto a un confesionario en una iglesia jesuita.

Richard ha caído desde un mundo superior y se indigna cuando descubre bajeza en hombres y mujeres. Robert ha ascendido desde un mundo inferior, y tan lejos está de la indignación que se sorprende de que los hombres y las mujeres no sean más bajos e innobles.

ROBERT. *(Asiente)*. Sí, ganaste. He visto tu triunfo.

RICHARD. *(Se pone en pie de pronto)*. Perdona. Se me había olvidado. ¿Quieres un whisky?

ROBERT. Todo llega para quien sabe esperar.

> *(Richard va hasta el aparador, vuelve trayendo una pequeña bandeja con un decantador y vasos y la deja sobre la mesa).*

RICHARD. *(Se recuesta en el sofá)*. ¿Puedes añadirte agua tú mismo, por favor?

ROBERT. *(Lo hace)*. ¿Y tú?

RICHARD. *(Niega con la cabeza)*. Nada.

ROBERT. *(Con el vaso en la mano)*. Pienso en nuestras noches locas de entonces. Noches de juerga y de hablar y de jolgorio.

RICHARD. En nuestra casa.

ROBERT. *(Levanta su vaso)*. *Prosit!*

Cuando Richard abandonó la Iglesia, conoció a muchos hombres del mismo tipo que Robert.

Problema. Archie, el hijo de Richard, ha sido educado según los principios de Robert.

Beatrice ha tenido una entrevista con su madre antes de entrar en el primer acto.

Bertha se refiere a Beatrice como su alteza.

N. (B) – 12 nov. 1913

Liguero: precioso, Prezioso, Bodkin, música, verdepálido, brazalete, pastelillos de nata, lirio del valle, jardín del convento (Galway), mar.*

Rata: enfermedad, asco, pobreza, queso, oreja de mujer, (¿oreja de niño?)

Daga: corazón, muerte, soldado, guerra, banda, juicio, rey.

---

* Michael Bodkin fue un antiguo enamorado de Nora Barnacle, mujer de Joyce, el cual murió muy joven. Nora Barnacle era de Galway, donde cursó estudios en un convento de monjas. *(N. del T.)*

N. (B) – 13 nov. 1913

Luna — La tumba de Shelley en Roma. Se alza de ella; rubio. Ella llora por él. Él ha luchado en vano por un ideal y ha muerto a manos del mundo. Y aun así se alza. Cementerio en Rahoon a la luz de la luna donde está la tumba de Bodkin. Él yace en su tumba. Ella ve la tumba (panteón familiar) y llora. El nombre es modesto. El de Shelley es extraño y salvaje. Él es oscuro, aún no se ha alzado, asesinado por el amor y por la vida, joven. La tierra lo abraza.

Bodkin murió. Kearns murió. En el convento la llamaban la matahombres. (Matamujeres era uno de los nombres que ella me daba). Yo vivo en alma y cuerpo.

Ella es la tierra, oscura, informe, madre, hermoseada por la noche de luna, oscuramente consciente de sus instintos. Shelley, a quien ella ha tenido en su útero o tumba, se alza; la parte de Richard con la que ni el amor ni la vida pueden acabar; la parte por la que ella le ama; la parte que ella debe intentar matar, sin poder jamás matarla, para después regocijarse de su propia impotencia. Sus lágrimas son de adoración, Magdalena al ver al Señor redivivo en el huerto donde Él ha sido depositado en la tumba. Roma es el extraño mundo y la extraña vida a la que Richard la lleva. Rahoon, su familia. Ella también llora por Rahoon, por aquel a quien su amor mató, el oscuro muchacho a quien, como la tierra, ella abraza en la muerte y la desintegración. Él es su vida sepultada, su pasado. Sus imágenes acompañantes son las baratijas y los juguetes de la mocedad (brazalete, pastelillos de nata, lirio del valle verde pálido, el jardín del convento). Sus símbolos son la música y el mar, tierra líquida e informe en la que quedan sepultados el alma y el cuerpo al hundirse en ella. Hay lágrimas de conmiseración. Ella es Magdalena, que llora al recordar los amores que no pudo corresponder.

Si realmente Robert allana el camino para el avance de Richard y si tiene sus esperanzas puestas en él mientras, al mismo tiempo, intenta en secreto combatir ese avance mediante la destrucción, de un solo golpe, de la confianza en sí mismo de Richard, su posición es como la de Wotan, que, al desear el nacimiento y crecimiento de Sigfrido, anhela su propia destrucción. Cada paso que la humanidad avanza a través de Richard es un paso atrás dado por el tipo que Robert representa.

Richard teme la reacción inevitable según el temperamento de Robert, y no solo por causa de Bertha, es decir, no por sentir que él, al hacerse a un lado, le ha permitido seguir su camino a través de un amor pasajero hasta el abandono, sino por sentir que dejó de lado a una mujer que él mismo eligió por otra que él no eligió.

La mente de Beatrice es un templo abandonado y frío, en el que himnos se alzaban hacia el cielo en un pasado distante y donde ahora un sacerdote senil ofrece plegarias al Altísimo, solo y sin esperanza.

Richard, al haber entendido por primera vez la naturaleza de la inocencia tras haberla perdido, tiene miedo de creer que Bertha, para entender la castidad de su propia naturaleza, debe primero perderla mediante el adulterio.

Ampolla – ámbar – plata – naranjas – manzanas – pirulí – cabello – bizcocho – hiedra – rosas – cinta.

La ampolla le recuerda a cuando se quemó la mano de niña. Ve su propio cabello ámbar y el cabello plateado de su madre. Esa plata es la corona de la edad, pero también es el estigma de las preocupaciones y las penas que ella y su amante han depositado sobre su madre. Esta avenida de pensamiento se evita por completo; y al otro aspecto, ámbar convertido en plata por los años, su madre como profecía de lo que ella será un día, apenas se le echa un vistazo. Naranjas, manzanas, pirulís: estas cosas ocupan el lugar de los pensamientos evitados y son ella misma tal como era, al ser los gozos de su niñez. Cabello: la mente se vuelve de nuevo hacia eso sin fijarse en el color, fijándose solo en una característica marca sexual y en su crecimiento y misterio, no en el color. El símbolo suavemente creciente de su juventud. Bizcocho, un débil fogonazo una vez más de placeres que ahora empiezan a parecer los de una niña y no los de una joven. Hiedra y rosas: solía recoger hiedra cuando salía al anochecer con amigas. Las rosas crecían entonces. Una súbita nota escarlata en la memoria que podría ser una vaga alusión a las rosas del cuerpo. La hiedra y las rosas perseveran y ascienden, desde la idea de crecimiento, a través de una trepadora vida vegetal, hasta la ardiente y perfumada vida floral, símbolo de la juventud de misterioso crecimiento, su cabello. Una cinta para su cabello. Su adecuado ornamento para los ojos de los demás y, por último, para los ojos de él. La juventud se convierte en virginidad y se pone en el pelo «el ribete que es el signo de la doncellez». Un instinto orgulloso y tímido aparta su mente de la idea de soltarse su pelo recogido —por muy dulce o anhelado o inevitable que sea—, y ella acepta aquello que es solo suyo y no suyo, y también de él; felices días lejanos de bailes, lejanos, desaparecidos para siempre, muertos. ¿O asesinados? *cf*

ROBERT. Tú has hecho de ella todo lo que es. Una personalidad extraña y maravillosa.

RICHARD. *(Con tono sombrío).* O quizá la haya matado.

ROBERT. ¿Matarla?

RICHARD. La virginidad de su alma.

Richard no debe aparecer como un defensor de los derechos de las mujeres. Su lenguaje debe estar a veces más cerca del de Schopenhauer contra las mujeres, y a veces debe mostrar un profundo desprecio por el género de pelo largo y piernas cortas. En realidad, está luchando por su propia mano, por su propia dignidad emocional y por su liberación, en la que Bertha está involucrada no menos y no más que Beatrice o que cualquier otra mujer. No usa el lenguaje de la adoración, y su carácter debe parecer poco afectuoso. Pero es que, de hecho, durante casi dos mil años las mujeres de la cristiandad han rezado y han besado los pies a una efigie desnuda de un hombre que no tenía ni esposa ni amante ni hermana y al que apenas se relacionaría con su propia madre de no ser porque la Iglesia italiana, con su infalible instinto práctico, descubrió las ricas posibilidades de la figura de la Madonna.

Nieve:

> escarcha; luna; estampas, acebo y hiedra, bizcocho con pasas, limonada, Emily Lyons,* piano, alféizar.

lágrimas:

> barco, luz del sol, jardín, tristeza, delantal, botas con botones, pan con mantequilla, un gran fuego.

En la primera el flujo de ideas es tardo. Es Navidad en Galway, una Nochebuena de luna y nieve. Ella lleva almanaques con estampas a la casa de su abuela para adornarlos con acebo y hiedra. Las noches las pasa en la casa de una amiga, donde le dan limonada. Limonada y bizcocho con pasas es también lo que le ofrece su abuela en Navidad. Ella aporrea el piano y se sienta en el alféizar con su amiga Emily Lyons, morena como una gitana.

En la segunda las ideas son más rápidas. Es el muelle de Galway en una mañana luminosa. El barco emigrante se va y Emily, su morena amiga, está de pie en la cubierta, rumbo a América. Se besan y lloran amargamente. Pero ella cree que un día su amiga volverá, tal como ha prometido. Llora por el dolor de la separación y por los peligros del mar que amenazan a la muchacha que se va. La muchacha es mayor que ella y no tiene amante. Ella tampoco tiene amante. Su tristeza es breve. Está sola, sin amigas, en el jardín de su abuela, y puede ver el jardín, solitario ahora, donde el día anterior jugó con su amiga. Su abuela la consuela, le da un delantal nuevo y limpio para que

---

* Amiga de juventud de Nora Barnacle, esposa de Joyce. *(N. del T.)*

se ponga y botas con botones, un regalo de su tío, y sabroso pan con mantequilla para que coma y un gran fuego en el hogar para que se siente delante.

La añoranza del hogar y la tristeza por la muerte de sus días de mocedad quedan de nuevo marcadas con fuerza. Una sensualidad persistente y delicada (visual: estampas adornadas con acebo y hiedra; gustativa: bizcocho con pasas, pan con mantequilla, limonada; táctil: el sol en el jardín, el gran fuego en el hogar, los besos de su amiga y de su abuela) recorre ambas series de imágenes. También una vanidad persistente y delicada a pesar de la pena: su delantal y sus botas con botones. Por su mente no cruza ningún pensamiento sobre una admiración más reciente, tan intensa que roza el fetichismo y que ella ha observado bien. Las botas sugieren a su donador, el tío, y ella siente vagamente los cuidados y los afectos olvidados entre los que creció. Piensa en ellos con bondad, no porque fueran buenos con *ella*, sino porque eran buenos con su yo-niña, que ahora ha desaparecido, y porque ellos son partes de este, el cual está oculto incluso para ella misma en su memoria. La nota de tristeza está siempre presente y encuentra finalmente expresión en las lágrimas que le llenan los ojos al despedirse de su amiga. Una partida. Una amiga, su propia juventud, que se va. Un débil destello de lesbianismo irradia su mente. Esa muchacha es también oscura, como una gitana, y ella también, como el oscuro amante que duerme en Rahoon, se aleja de ella, la matahombres y quizá también la mataamores, por el oscuro mar que es distancia, extinción del interés y muerte. No tienen amantes varones y se sienten vagamente atraídas la una hacia la otra. La amiga es mayor, más fuerte, puede viajar sola, es más valiente, es una profecía de un oscuro hombre posterior. Pasividad de su carácter hacia todo lo que no es vital para su existencia, pero una pasividad empapada de ternura. La asesina está sola y en silencio entre la suave luz del sol y los suaves cuidados y servicios de su abuela, feliz de que el fuego dé calor, tostándose los dedos de los pies.

¿Qué son entonces esta ternura y esta consideración que han de darse y que son la muerte o el descontento o la distancia o la extinción del interés? Ella no siente remordimientos porque sabe lo que puede dar al leer deseo en unos ojos oscuros. ¿Acaso no tienen estos necesidad de ello, pues anhelan y piden? Negárselo, le dice su corazón, sería matar de manera más cruel y despiadada a aquellos a quienes las olas o una enfermedad o el paso de los años sin duda apartarán de su vida hacia la distancia, la muerte temprana y la extinción de la personalidad que es la muerte en vida.

———

En la incertidumbre de los dos personajes femeninos, Bertha tiene la ventaja de su belleza, un hecho tras el cual incluso el carácter de una mujer malvada puede esconderse y quedar a salvo, y con mayor razón un personaje que no es moralmente malvado.

———

Acto II:
Bertha desea la unión espiritual entre Richard y Robert y *cree* (?) que esa unión solo puede efectuarse a través de su cuerpo y de esa forma perpetuarse.

———

Richard acepta el homenaje de Robert a Bertha pues, al hacerlo, roba ese homenaje a las compatriotas de Bertha y descarga sobre ellas su venganza por sí mismo y por su amor prohibido.

La obra se compone de tres actos de gato y ratón.

La posesión corporal de Bertha por parte de Robert, repetida a menudo, sin duda uniría en contacto casi carnal a los dos hombres. ¿Lo desean ellos? ¿Estar unidos carnalmente por medio del cuerpo de Bertha como no pueden, sin insatisfacción o degradación, unirse carnalmente hombre con hombre como hombre con mujer?

Exiliados; también porque al final Robert o Richard deben exiliarse; quizá la nueva Irlanda no puede contenerlos a los dos. Robert se irá. Pero ¿le seguirán al exilio los pensamientos de Bertha como los de su hermana enamorada Isolda siguen a Tristán?

Todos piensan que Bertha es la amante de Robert. Esta *creencia* choca con su propio *conocimiento* de lo que ha ocurrido; pero él acepta la creencia como una comida amarga.

De los amigos de Richard, Robert es el único que ha entrado en la mente de Richard a través de la puerta del afecto de Bertha.

La obra: una reyerta entre el marqués de Sade y el *Freiherr* v. Sacher Masoch. ¿No debería Robert darle un pequeño mordisco a Bertha cuando se besan? El masoquismo de Richard no necesita ejemplos.

En el último acto (o en el segundo) Robert puede también sugerir que sabía desde el principio que Richard era consciente de su conducta y de que él mismo estaba siendo vigilado, y que persistió porque tenía que hacerlo y porque quería ver hasta dónde podía llegar la silenciosa paciencia de Richard.

Bertha es reacia a conceder la hospitalidad de su útero a la semilla de Robert. Por esta razón ella preferiría un hijo de él con otra mujer que un hijo con ella. ¿Es esto cierto? Para él, la cuestión de hijo o no hijo no tiene importancia. ¿Es la reticencia de ella a entregarse (incluso cuando la posibilidad de un hijo queda eliminada) esa misma reticencia o una supervivencia de los miedos (puramente físicos) de la virgen? Está claro que su instinto puede distinguir entre concesiones, y para ella la suprema concesión es lo que los padres de la Iglesia llaman *emissio seminis inter vas naturale*. En cuanto a la ejecución del acto de manera externa, mediante fricción o en la boca, la cuestión necesita un escrutinio aún mayor. ¿Permitiría ella que su lujuria la lleve al punto de recibir su emisión de semen en cualquier otra apertura del cuerpo donde, una vez emitido aquel, las fuerzas de su secreta carne no puedan actuar sobre él?

Bertha se siente fatigada y repelida por la incansable energía curiosa de la mente de Richard, y su fatiga es aliviada por la plácida amabilidad de Robert.

Su mente es una gris niebla marina en medio de la cual los objetos comunes —laderas, mástiles de barcos e islas áridas— aparecen con contornos extraños pero reconocibles.

El sadismo del carácter de Robert —su deseo de infligir cruel-dad como parte necesaria del placer sensual— es aparente solo, o principalmente en su trato con mujeres, para las cuales es siempre atractivo porque con ellas es siempre agresivo. Con los hombres, sin embargo, es de corazón manso y humilde.

Europa está cansada incluso de las heroínas escandinavas (Hedda Gabler, Rebecca Rosmer, Asta Allmers) que creó el genio de Ibsen cuando las heroínas eslavas de Dostoievski y Turguénev se estaban poniendo rancias. ¿En qué mujer brillará ahora la luz del poeta? Quizá por fin en la mujer celta. Vana pregunta. Rí-zate el pelo como quieras y suéltatelo de nuevo como quieras.

Richard, inadecuado para mantener relaciones adúlteras con las mujeres de sus amigos porque eso conllevaría una gran cantidad de fingimiento por su parte, no porque esté convencido de que haya un gran deshonor en ello, desea, al parecer, sentir la excitación del adulterio de manera indirecta y poseer a una mujer comprometida como Bertha a través del órgano de su amigo.

En el acto III, Bertha, en el culmen de su excitación, refuerza su discurso con la expresión «santo cielo».

La duda que nubla el final de la obra debe transmitirse al público no solo a través de las preguntas de Richard a ambos, sino también a través del diálogo entre Robert y Bertha.

Todos los filósofos celtas parecen haberse inclinado hacia una especie de incertidumbre o escepticismo: Hume, Berkeley, Balfour, Bergson.

Las notas de diálogo preparadas son en general demasiado difusas. Deben tamizarse en el tamiz de la acción. Probablemente la mejor forma de hacer esto es escribir un borrador del siguiente acto (II) y dejar que los personajes se expresen. No es necesario atarlos a las expresiones de las notas.

El mayor peligro al escribir esta obra es la ternura en los diálogos o en el ambiente. En el caso de Richard no resultaría convincente, y en el caso de los otros dos sería equívoca.

Durante el segundo acto, como Beatrice no está en escena, su figura debe aparecer ante el público a través de los pensamientos o palabras de los otros. Esto no es en absoluto fácil.

El personaje de Archie en el tercer acto entronca con la ligereza de espíritu de Richard, la cual ha sido aparente a intervalos en el primer y segundo acto. Sin embargo, así como el afecto espiritual de Richard por su hijo (además de sus sentimientos filiales hacia su propio padre) ha sido representado de manera adecuada en los actos precedentes para contrarrestar esto, el amor de Bertha por su retoño debe resaltarse cuanto antes y con tanta fuerza y sencillez como sea posible en el tercer acto. Por supuesto, debe quedar acentuado por la posición de tristeza en la que se encuentra ella.

Quizá estaría bien hacer un boceto aparte sobre los quehaceres de cada uno de los cuatro personajes principales durante la noche, incluidas aquellas acciones que no se revelan al público mediante los diálogos, en particular las de Richard y Beatrice.

___

Robert se alegra de tener en Richard a una personalidad a la que puede rendir el tributo de la admiración total, es decir, alguien a quien no es necesario dirigir siempre un elogio con reservas o desganado. Esto él lo confunde con la reverencia.

___

Un ejemplo llamativo del cambio de punto de vista en la literatura respecto a este tema es Paul de Kock, sin duda un descendiente de Rabelais, de Molière y de la antigua *souche gauloise.** Y, sin embargo, comparemos *George Dandin* o *Le Cocu imaginaire* de Molière con *Le Cocu* del escritor más moderno.*** Salacidad, humor, indecencia y vivacidad no escaseaban desde luego en este escritor, y sin embargo elabora una historia larga, titubeante, dolorosa, y además escrita en primera persona. Evidentemente, ese resorte se ha roto en alguna parte.

___

    * Literalmente, «raíz gala» o «ascendencia gala». *(N. del T.)*
    ** Referencias a dos obras de Molière, *George Dandin ou le Mari confondu*, comedia-ballet de 1668, y *Sganarelle ou le Cocu imaginaire*, comedia en un acto de 1660, y a *Le Cocu*, novela de 1831 de Charles Paul de Kock, escritor muy popular en su día. *(N. del T.)*

Las relaciones entre la señorita O'Shea y Parnell* no son de una importancia vital para Irlanda. En primer lugar porque Parnell no contó nada, y en segundo lugar porque ella era inglesa. Precisamente los elementos del carácter de Parnell que podrían haber sido interesantes se han pasado por alto. La manera de escribir de O'Shea no es irlandesa; es más, su manera de amar no es irlandesa. Su carácter sí es mucho más típico de Irlanda. Los dos mayores irlandeses de los tiempos modernos (Swift y Parnell) destruyeron su vida por una mujer. Y fue la adúltera esposa del rey de Leinster quien trajo la primera invasión sajona a las costas irlandesas.**

* Charles Stewart Parnell (1846-1891) fue un importante político nacionalista irlandés que cayó en desgracia tras hacerse públicas sus relaciones con Katharine O'Shea, una mujer casada, la cual escribió una biografía de Parnell tras la muerte de este. *(N. del T.)*

** En 1152, la esposa de Tiernan O'Rourke, príncipe del reino de Breifne —en el norte de la isla de Irlanda—, abandonó a su marido por Dermot MacMurrough, rey de Leinster (provincia del este de Irlanda). Más tarde, MacMurrough, tras ser derrotado por las fuerzas unidas de O'Rourke y de Roderick O'Connor, el último rey supremo de Irlanda, pidió ayuda a Enrique II de Inglaterra, y de esa manera provocó la invasión anglo-normanda de Irlanda en 1169. *(N. del T.)*

Drama y vida*

Pese a que las relaciones entre el drama y la vida son, y deben ser, de vital importancia, en la historia del drama estas relaciones no siempre han sido patentes. Los más antiguos y más conocidos dramas, a este lado del Cáucaso, son los griegos. No me propongo ni siquiera remotamente hacer un estudio histórico del género dramático, pero tampoco puedo prescindir de referirme a ciertos antecedentes. En Grecia, el drama surgió del culto a Dionisos, dios de los frutos, de la alegría y del arte primitivo, cuya vida ofrecía la base sobre la que erigir un arte teatral trágico y cómico. Al hablar del drama griego, debemos recordar que su desarrollo condicionó su forma. Las circunstancias de la escena ática imponían a los autores un conjunto de rasgos y limitaciones que, en épocas posteriores, fueron considerados, sin razón alguna, como cánones del arte dramático en todos los países. De esta manera, los griegos formaron un código de normas teatrales que sus descendientes con timorata prudencia elevaron a la dignidad de inspirados principios.

* Leído el 20 de enero de 1900 ante la Asociación Literaria e Histórica del University College de Dublín, donde Joyce estudiaba por entonces. El texto se conservó en dieciséis páginas manuscritas en cuyo reverso Stanislaus Joyce redactó parte de su diario. Actualmente el original se encuentra en la biblioteca de la Cornell University. *(N. del E.)*

Y nada más voy a decir al respecto. Quizá parezca una vulgaridad, pero es una verdad literal que el teatro griego está acabado. Para bien o para mal, ha cumplido ya su tarea, que, si bien forjada en oro, no estuvo asentada en columnas imperecederas. Resucitarlo no tiene trascendencia dramática, sino tan solo pedagógica. Incluso en su propio terreno ha sido superado. Tras haber florecido mucho tiempo en una hierática custodia, y en forma ceremonial, comenzó a languidecer en el genio ario. Se produjo entonces una reacción, una reacción inevitable, y, así como el drama clásico tuvo sus orígenes en la religión, el drama que le sucedió nació de un movimiento literario. En esta reacción, Inglaterra representó un importante papel, por cuanto fue la fuerza de la camarilla shakespeariana la que dio el golpe mortal al ya agonizante drama. Shakespeare fue, ante todo, un artista de las letras. Estaba grandemente dotado de sentido del humor, elocuencia, un seráfico instinto musical y sentido teatral. El género al que dio tan formidable impulso era de naturaleza superior a aquel en que se había inspirado. Era algo más que simple drama, era literatura en diálogo. Y, en este punto, debo trazar una línea divisoria entre literatura y drama.

La sociedad humana es la encarnación de las inmutables leyes que los caprichos y circunstancias de hombres y mujeres ocultan y confunden. El reino de la literatura es el reino de estos accidentales humores y maneras, un reino muy vasto, y el verdadero artista literario se ocupa principalmente de ellos. El drama trata en primer lugar de las leyes subyacentes, en toda su desnudez y divina severidad, y solo trata con carácter secundario de los pequeños agentes que las manifiestan. Cuando se reconoce lo anterior, se da un gran paso hacia una apreciación más racional y verdadera del arte dramático. Si no se efectúa esta distinción, se llegará a resultados caóticos. Las exhibiciones líricas se toman como drama poético, la conversación psicológica se confunde con el drama literario, y la farsa tradicional se exhibe en las tablas bajo la etiqueta de comedia.

Cuando los dos dramas a los que nos hemos referido cumplieron su función de antecesores de las falsas representaciones dramáticas, deberían haber sido relegados al departamento de curiosidades literarias. Sería una frivolidad afirmar que el nuevo drama no existe, o asegurar que su proclamación es un formidable embuste. El tiempo es precioso, y no puedo entretenerme en combatir estas afirmaciones. Sin embargo, veo con absoluta claridad que el drama dramático debe sobrevivir a sus antepasados, cuya vida tan solo se sostiene gracias a habilísimas direcciones y a infinitos cuidados. Esta Nueva Escuela ha provocado polémicas en las que se han intercambiado duros golpes. El público tarda en comprender la verdad, y aquellos que lo dirigen son prestos en darle nombres falsos. Abundan quienes, teniendo el paladar acostumbrado a la comida de siempre, gritan horrorizados cuando se les cambia la dieta. El séptimo cielo se ha hecho para esta gente. Grandes son sus alabanzas a las blandengues vulgaridades de Corneille, al rígido temor de Dios de Trapassi, a la pesadez de Calderón, digna de Pumblechook. El manejo infantil que de la trama hacen estos autores es tan alambicado que deja a sus admiradores con la boca abierta. Estos críticos no pueden ser tomados en serio, ya que no son más que grotescas mentalidades. No cabe la menor duda de que la «nueva» escuela les derrota en su propio terreno. Comparemos la pericia de Haddon Chambers y Douglas Jerrold, de Sudermann y de Lessing. La «nueva» escuela, en esta rama del arte, es superior. Esta superioridad resulta indiscutible, cuando vemos el calibre inconmensurablemente superior de las obras de la «nueva» escuela. Incluso el aspecto menos importante de Wagner —su música— está por encima de Bellini. A pesar de las protestas de estos enamorados del pasado, se está construyendo un hogar más amplio y elevado para el drama, en el que habrá más luz para la melancolía, y anchos pórticos para recibir y conversar.

Permitidme hablar un poco más de este gran visitante. Por «drama», entiendo el juego de pasiones, a fin de representar la verdad; el drama es contienda, evolución, movimiento en cualquier sentido; el drama existe, independientemente, antes de tomar forma; el drama está condicionado, pero no dominado, por su escenario. Hablando en términos informados por la fantasía, podríamos decir que tan pronto los hombres y las mujeres comenzaron a vivir en el mundo, hubo sobre ellos y a su alrededor un espíritu, un espíritu del que tenían vaga conciencia, que habrían querido tener entre sí, en una más próxima intimidad, y en busca de cuya verdad esencial se lanzaron después, animados por el deseo de tocarlo con las manos. Este espíritu es como el aire inquieto, muy poco susceptible de cambiar, y nunca se apartó de su vista, como nunca se apartará, hasta que el firmamento sea enrollado como un palio. A veces, parecía que este espíritu hubiera anidado en esta o aquella forma, pero, de repente, el espíritu es mal utilizado, desaparece y el nido queda vacío. Diríase que este espíritu es como un duende, que tiene naturaleza de enano de los bosques, que es como un Ariel. Por eso debemos efectuar una distinción entre el espíritu en sí mismo y su morada. Una descripción idílica o un ambiente de pajares no constituye un drama pastoril, del mismo modo que una trama absurda y muchos sermones no bastan para que una obra sea una tragedia. Si solo hubiera aceptación en el primero y vulgaridad en la segunda, ni en uno ni en otra habría drama. Por muy leves que sean los tonos de las pasiones, por ordenada que sea la acción o por vulgar que sea la expresión, si una obra teatral, o musical o pictórica se centra en las eternas esperanzas, deseos y odios de la humanidad, o intenta la simbólica representación de nuestra ampliamente dependiente naturaleza, esta obra será un drama. No hablaré aquí de sus diversas formas. Cuando la forma no fue suficiente se produjo una explosión, tal cual ocurrió en el caso del primer escultor que separó los pies. Moralidad, misterio, ballet, pantomima, ópera, enseguida se emplearon una tras otra estas formas, y todas fueron descartadas. En su forma más idónea, el drama es todavía virgen. «Puede caer un cirio, en el altar mayor, pero quedan muchos más».

Sea cual fuere la forma que el drama adopte, esta forma no puede ser una superestructura y tampoco puede ser convencional. En literatura las convenciones son toleradas, debido a que la literatura es comparativamente una forma menos elevada del arte. La literatura se mantiene con vida gracias al empleo de reconstituyentes, florece mediante las convenciones establecidas en todas las relaciones humanas, en toda actualidad. En el futuro, el drama será el enemigo de las convenciones, si es que ha de convertirse verdaderamente en realidad. Si se tiene una idea clara del cuerpo del drama, se verá con claridad cuál es la vestimenta que mejor le sienta. Un drama de una naturaleza tan admirable y cordial no puede sino atraer a todos los corazones que aman lo espectacular o lo teatral; y será su característica la verdad y la libertad en todos sus aspectos. Y, ahora, dicho sea en las palabras de Tolstói, ¿qué vamos a hacer? En primer lugar, expulsemos de nuestras mentes la hipocresía y purifiquemos los conceptos en parte falsos a los que nos hemos adherido. Critiquemos tal como critica un pueblo libre, como una raza libre, haciendo caso omiso de férula y fórmula. El pueblo es, a mi entender, capaz de grandes cosas. *Securus iudicat orbis terrarum** no es un lema excesivamente elevado para

---

* «Serenos, los jueces del mundo», San Agustín, *Contra Epistolam Parmeniani,* III, 24. *(N. del E.)*

todos los empeños artísticos de la humanidad. No sojuzguemos a los débiles, contemplemos con una tolerante sonrisa las periclitadas afirmaciones de esa gente trágico-cómica, es decir, los «littérateurs». Si en el mundo del drama rige la sensatez, deberemos aceptar lo que actualmente constituye el credo de un reducido grupo, y dejaremos de discutir hasta qué punto es *Macbeth* sublime. Quede esto para el sentencioso crítico del siglo xxx. Al fin y al cabo, entre este crítico y esta obra mediará ya mucho tiempo.

Hay algunas verdades importantes que no podemos olvidar, en lo referente a las relaciones entre el drama y el artista. El drama es, esencialmente, un arte comunitario y de amplio alcance. El drama, para conseguir su mejor expresión, casi exige un público integrado por individuos de todas las clases sociales. En una sociedad que ame el arte y lo produzca, el drama se colocará, de una forma natural, a la cabeza de todas las instituciones artísticas. Además, la naturaleza del drama es tan inmutable, tan invariable que en sus más altas formas trasciende toda posibilidad de crítica. Es casi imposible someter a crítica *El pato salvaje,* por ejemplo. Solo cabe meditar acerca de esta obra, como se medita acerca de un grave problema personal. E incluso en el caso de todas las últimas obras de Ibsen, podemos afirmar que la crítica dramática propiamente dicha roza la impertinencia. En las demás artes, la personalidad, el sentido local, el tratamiento se consideran ornamentos, encantos adicionales. Pero en el arte dramático el artista renuncia a sí mismo y se convierte en un mediador, terriblemente sincero, ante el velado rostro de Dios.

Si me preguntáis cuál es la causa del drama, cuál es la necesidad del drama, os contestaré: la Necesidad. Se trata de un simple instinto animal aplicado a la mente. Además de su deseo, tan viejo como el mundo, de cruzar las llameantes murallas, el hombre siempre ha deseado convertirse en creador y moldeador. Esta es la necesidad causa de todo arte. Pero el drama es el arte que menos supeditado está a sus materiales. Si se agotan las reservas de tierra moldeable o de piedra, la escultura se convertirá en un recuerdo; si los pigmentos vegetales desaparecen, el arte de la pintura dejará de existir. Pero, tanto si hay como si no hay mármol y pinturas, el material del drama existirá siempre. Además, creo que el drama surge espontáneamente de la vida, y es coetáneo a ella. Toda raza ha construido sus propios mitos, y precisamente en esta actividad encuentra el drama primitivo su camino. El autor de *Parsifal* así lo ha reconocido, y de ahí que su obra sea sólida como una roca. Cuando el mito cruza la frontera y entra en el templo, las posibilidades de dramatizarlo disminuyen considerablemente. Pero incluso entonces lucha para regresar al lugar que le es propio, con gran descontento por parte de la ciega feligresía.

Del mismo modo que hay diferentes opiniones acerca del origen del drama, también las hay acerca de su finalidad. Casi siempre, los devotos de la antigua escuela aseguran que el drama debe tener finalidades éticas especiales, y, dicho sea en su estereotipada frase, que el drama debe instruir, edificar y divertir. Esto no es más que otra cadena colocada por los carceleros. No digo que el drama no pueda cumplir alguna de las funciones enumeradas, pero niego que sea esencial que las cumpla. El arte, elevado a las altísimas esferas de la religión, pierde por lo general su verdadero espíritu en un quietismo encharcado. En cuanto a la forma más baja de este dogma, resulta verdaderamente divertida. Esta amable petición dirigida al dramaturgo, a fin de que, por favor, ponga de relieve una conclusión moral, para que, imitando a Cyrano, repita en todos los actos «À la fin de l'envoi je touche», es simplemente increíble. Creo que, por haber surgido de una mentalidad dulcemente provinciana, más valdrá que dejemos de hablar de semejante pretensión. El señor Beoerly, con su carga de estrictina, o el señor Coupeau, con sus horrores, no son más que seres lastimosos. De todos modos, tan absurda teoría se está devorando a sí misma, como el tigre del cuento, comenzando por la cola.

Otra afirmación más insidiosa es la exigencia de belleza. Tal como los sustentadores de esta teoría la conciben, la belleza es a veces anémica espiritualidad y otras veces simple animalidad. Pero, si tenemos en cuenta que la belleza es, para los hombres, una cualidad arbitraria, y que, a menudo, consiste tan solo en la forma, afirmar que el drama ha de subordinarse a la belleza parece una afirmación arriesgada. La belleza es la swerga de los estetas; pero la verdad tiene un dominio más comprobable y más real. El arte es en sí mismo verdadero cuando trata de la verdad. Si alguna vez un hecho tan lejano como la reforma universal llegara a producirse en la Tierra, la verdad sería el vestíbulo de la mansión de la belleza.

Incluso a riesgo de agotar vuestra paciencia, me veo obligado a comentar otra afirmación. Cito palabras del señor Beerbohm Tree: «En estos días en que la fe está teñida de dudas filosóficas, creo que la función del arte es darnos luz en vez de proporcionarnos tinieblas. El arte no debe poner de relieve nuestro parentesco con los monos, sino nuestra afinidad con los ángeles». En esta afirmación no deja de haber cierto elemento verdadero, aunque este elemento requiere una corrección. El señor Tree afirma que los hombres y las mujeres siempre considerarán el arte como un espejo en el que mirarse, a fin de ver su propia imagen idealizada. Pero yo creo que los hombres y las mujeres rara vez meditan seriamente acerca de los impulsos que los dirigen hacia el arte. Los grilletes de los convencionalismos les aprisionan demasiado para eso. Pero, a fin de cuentas, el arte no puede ser regido por la insinceridad de la mayoría, sino por aquellos eternos condicionamientos, afirma el señor Tree, que lo han regido desde un principio. Reconozco que esto último constituye una verdad irrefutable. Pero sería aconsejable que tuviéramos presente que estos eternos condicionamientos no son los condicionamientos de las modernas comunidades humanas. El arte queda obstaculizado por esta errónea insistencia en las tendencias religiosas, morales, estéticas e idealistas. Un solo Rembrandt vale más que toda una galería de Van Dycks. Y es precisamente esta doctrina del idealismo en el arte lo que, en muchos casos notables, ha desfigurado el empeño humano, y ha suscitado un infantil deseo de taparse la cabeza con las sábanas, cuando se habla del coco del realismo. De ahí que el público reniegue de la tragedia, a menos que no sea más que una cuestión de dagas y puñales, aborrezca las obras en prosa, si no siguen al pie de la letra las normas de la prosodia, y estime un triste efecto artístico el que la sangre de los desdichados héroes no dé lugar a una abundante cosecha de melancólicas flores. La locura e insensatez de esta postura conduce a que la gente desee que el drama les engañe. El Proveedor ofrece al plutócrata una parodia de la vida que este digiere como un medicamento, en la penumbra del teatro, de modo que la escena se alimenta, literalmente, de la inmundicia mental de los espectadores.

Y, si estas opiniones son falsas, ¿qué podemos hacer? ¿Representaremos la vida —la vida real— en los escenarios? No, dice el coro de filisteos, porque no tendría éxito. Qué mezcla de miopía y cómodo comercialismo. El Parnaso y la banca se reparten las almas de los clientes. En realidad, la vida es triste y aburrida en nuestros días. Son muchos los que creen, como los franceses, que han nacido demasiado tarde, en un mundo demasiado viejo, y que su carencia de esperanzas y su átono antiheroísmo les conducen, cada vez más directamente, a una amplia nada, y, entretanto, no queda más remedio que llevar pacienzudamente la carga sobre las espaldas. El salvajismo épico está prohibido por la policía vigilante, y los empeños caballerescos han sido asesinados por los oráculos de los bulevares. ¡Ya no suenan las metálicas armaduras, la galantería carece de aureola, ya no hay saludos en los que la pluma del sombrero barra el suelo! El romanticismo solo se conserva en Bohemia. Sin embargo, creo que de la terrible monotonía de la vida se puede extraer un poco de esencia dramática. Incluso la gente más vulgar, los más muertos entre los vivos, puede tener su papel en un gran drama. Es una pecaminosa insensatez suspirar por los buenos tiempos pasados, saciar nuestra hambre con las frías piedras que nos ofrecen. Debemos aceptar la vida tal como se presenta a nuestros ojos, y a los hombres y las mujeres tal como los encontramos en el mundo real, y no tal como los intuimos en un mundo fantasioso. La gran comedia humana en la que todos y cada uno participamos ofrece terreno sin límites al verdadero artista, hoy al igual que ayer y en todos los años pasados. La forma de las cosas, lo mismo que la corteza de la Tierra, ha cambiado. El maderamen de los buques de Tarsis ha sido devorado por el mar sin piedad; el tiempo ha quedado destruido por la veloz diligencia de los poderosos; los jardines de Armida se están convirtiendo en desolados páramos. Pero las inmortales pasiones, las verdades humanas que hallaron expresión otrora son realmente inmortales, inmortales en el ciclo heroico o en la edad de las ciencias. *Lohengrin,* cuyo drama se desarrolla en un escenario incomunicado, a media luz, no es una leyenda local sino un drama mundial. *Espectros,* cuya acción discurre en un salón normal y corriente, afecta al mundo entero... Yggdrasil, rama firmemente unida al árbol cuyas raíces se adentran en la tierra, pero a través de cuyo alto follaje brillan y titilan las estrellas de la bóveda celeste. Puede muy bien ser que abunden los que nada tengan que ver con tal fabulación, o piensen que la satisfacción de sus necesidades es cuanto su vida exige. Pero ahora, mientras nos hallamos en lo alto de las montañas, mirando al frente y atrás, buscando lo que no es, percibiendo apenas las zonas de cielo abierto; cuando las espuelas nos amenazan, y en el camino crecen las zarzas, ¿de qué nos sirve que hayamos cogido en nuestras manos una triste caña en vez de un alpenstock, o que nos hayamos cubierto con delicadas sedas para protegernos del ansioso viento de las tierras altas? Más valdrá que comprendamos cuanto antes nuestra verdadera situación, porque cuanto antes la comprendamos antes iniciaremos nuestro camino. Entretanto, que el arte, y especialmente el drama, nos ayuden a construir nuestros lugares de descanso con más clara visión interior y mayor previsión, que las piedras con que los construyamos sean de sólida naturaleza, y las ventanas amplias y limpias. «... ¿Qué hará usted en nuestra sociedad, señorita Hessel?», pregunta Rörland. «Haré que en ella entre aire fresco, pastor», contesta Lona.*

J. A. Joyce
10 de enero de 1900

* *Las columnas de la sociedad,* Ibsen, acto l. *(N. del E.)*

El nuevo drama de Ibsen*

Han pasado veinte años desde que Henrik Ibsen escribió *Casa de muñecas,* casi marcando una época en la historia del drama. En el curso de estos años su nombre ha rebasado los límites de su país, se ha extendido a lo largo y lo ancho de dos continentes, y ha provocado más discusiones y críticas que cualquier otro contemporáneo. Se le ha considerado un reformador religioso, un reformador social, un semita enamorado de la honradez y un gran dramaturgo. Se le ha acusado severamente de entrometido, de artista deficiente, de místico incomprensible, y, en las elocuentes palabras de cierto crítico inglés, de «perro buscador de inmundicias». A través de tan opuestas y diversas apreciaciones, el formidable genio de este dramaturgo se impone más y más, como se impone el héroe a las adversidades terrenales. Los gritos disonantes se hacen débiles y lejanos, las ocasionales alabanzas adquieren mayor firmeza y forman un coro más nutrido. Incluso para el espectador indiferente es revelador advertir que el interés despertado por este noruego no ha disminuido nunca a lo largo de más de un cuarto de siglo. Difícilmente habrá otro hombre que haya dominado con tanta firmeza el mundo del pensamiento en los tiempos modernos.

* *The Fortnightly Review*, vol. 67, 1 de abril de 1900. *(N. del E.)*

Ni Rousseau, ni Emerson, ni Carlyle, ni ninguno de aquellos gigantes que casi superaron los límites de la humana naturaleza. El dominio de Ibsen sobre dos generaciones ha quedado reforzado por su propia reserva. Rara vez, si es que lo ha hecho alguna, ha condescendido a replicar a sus enemigos. Parece que las tormentas de los enconados debates casi nunca han turbado su maravillosa calma. Las voces en discordia no han influido lo más mínimo en su obra. Su producción de dramas ha estado regulada por el más estricto orden, por un mecanismo de relojería, como rara vez se ve en los genios. En una sola ocasión contestó a sus detractores, tras el violento ataque contra *Espectros*. Pero, desde *El pato salvaje* hasta *John Gabriel Borkman,* sus dramas han aparecido casi con mecánica regularidad, a intervalos de dos años. Es fácil no valorar debidamente la constante energía que exige llevar a cabo tal plan de campaña, pero incluso la sorpresa ante ello ha de ceder ante la admiración que suscita el gradual e irresistible avance de este hombre extraordinario. Ha publicado once obras teatrales, todas ellas centradas en la vida moderna. He aquí la lista: *Casa de muñecas, Espectros, Un enemigo del pueblo, El pato salvaje, Rosmersholm, La dama del mar, Hedda Gabler, Solness, el constructor, El pequeño Eyolf, John Gabriel Borkman,* y finalmente su último drama, aparecido en Copenhague, el 19 de diciembre de 1899, *Cuando los muertos despertamos.* Esta obra ha sido ya traducida a casi una docena de idiomas, hecho que expresa por sí solo la importancia del autor. Se trata de un drama en prosa, dividido en tres actos.

Intentar relatar una obra de Ibsen no es tarea fácil. En cierta manera, el tema suele ser muy concreto, y, en cierta manera, muy vasto. Cabe presumir que nueve de cada diez críticas comenzarán, más o menos, así: «Arnold Rubek y su esposa, Maja, llevan cuatro años casados en el momento en que se inicia el drama. Sin embargo, el matrimonio no es feliz. La insatisfacción es mutua». Por el momento, el relato es impecable, pero no va demasiado lejos. No pone de manifiesto los aspectos más tenebrosos de las relaciones entre el profesor Rubek y su esposa. No es más que una oficinesca y desnuda versión de un conjunto de infinitas e indefinibles complejidades. Es como si la historia de una vida trágica se describiera esquemáticamente en dos columnas: una para lo bueno y otra para lo malo. Diremos literalmente la verdad si afirmamos que en los tres actos de que consta la obra se dice todo lo que es esencial en el drama. Desde el principio hasta el fin, no hay apenas una frase superflua. En consecuencia, el drama expresa por sí mismo sus propias ideas con cuanta brevedad y concisión pueden expresarse en forma dramática. Resulta evidente, pues, que una reseña no puede dar una noción adecuada del drama. No ocurre así en la mayoría de las obras teatrales, a las que se puede hacer plena justicia en cierto reducido número de líneas. Por lo general, estas obras son refritos, composiciones carentes de originalidad, alegremente vulgares en lo referente a aliento heroico, y cuya vida no rebasa los límites de las populacheras tramas en que se basan; son, en una palabra, teatraladas. El comentario que más les cuadra es siempre el más breve y común. Pero, cuando nos enfrentamos con la obra de un hombre como Ibsen, el crítico se encuentra frente a una tarea tan formidable que se siente anonadado. Solo podrá aspirar a relacionar los puntos más destacados de la obra, de manera que sugiera, en vez de relatar, las complejidades de la trama. Desde hace tiempo, Ibsen ha alcanzado tal magistral dominio de su arte que, mediante un diálogo aparentemente fácil, presenta las diferentes crisis anímicas de sus personajes masculinos y femeninos. Hace rendir a su método analítico los máximos efectos, de modo que comprime, en el relativamente breve periodo de dos días, la vida vivida por todos sus personajes. Por ejemplo, pese a que solo vemos a Solness durante una noche y hasta el atardecer del día siguiente, en realidad hemos sido testigos emocionados de toda su vida, hasta el instante en que Hilda Wangel entra en su casa. De manera parecida, en el drama objeto de este comentario, cuando vemos por vez primera al profesor Rubek, este se encuentra sentado en una silla del jardín, leyendo el periódico de la mañana, pero poco a poco toda su vida comienza a pasar ante nuestros ojos, y tenemos el placer de conocerla, no como si nos la leyeran, sino como si la leyéramos por nosotros mismos, juntando las diversas partes y acercándonos más al papel en que está escrita, cuando la letra es confusa o de difícil lectura.

Tal como he dicho, al comienzo del drama el profesor Rubek está sentado en los jardines de un hotel, desayunando, o, mejor dicho, inmediatamente después de terminar el desayuno. En otra silla, cerca, está Maja Rubek, la esposa del profesor. La escena transcurre en Noruega, en un popular balneario cerca del mar. A través de los árboles se divisa el puerto del pueblo, y el fiordo, por donde transitan los vapores, fiordo que, tras dejar atrás un promontorio y una isla, desemboca en el mar. Rubek es un famoso escultor, de mediana edad, y Maja, una mujer todavía joven, en cuyas brillantes pupilas hay una leve sombra de tristeza. Los dos siguen leyendo silenciosos sus respectivos periódicos en la paz de la mañana. Para el observador, la escena es idílica. Con acento fatigado y petulante, la dama rompe el silencio, quejándose de la paz que reina a su alrededor. Arnold deja el periódico con mansa reconvención. Los dos comienzan a hablar. Primero se refieren al silencio, después al lugar y a sus gentes, a las estaciones de ferrocarril por las que pasaron la noche anterior, con sus adormilados empleados y sus balanceantes linternas. Luego, hablan de los cambios que experimenta la gente, y de los progresos que han tenido lugar desde su matrimonio. Aquí comenzamos a acercarnos al problema principal. Cuando hablan de su vida en común, rápidamente se advierte que sus relaciones, tal como las juzgan en su interior, están muy lejos de ser tan ideales como podría creerse por las apariencias. Poco a poco comienzan a removerse las aguas profundas. La levadura del drama empieza a percibirse, actuando en la escena *fin-de-siècle*. La dama parece ser una mujercita un tanto difícil. Se queja de las vanas promesas con que su marido ha engañado sus ambiciones.

MAJA. Dijiste que me llevarías a la cumbre de una montaña y que me mostrarías toda la gloria de este mundo.

RUBEK. *(Levemente sobresaltado).* ¿También a ti te prometí eso?

Resumiendo, en lo más profundo de su unión hay una mentira. Entretanto, los huéspedes del hotel, que están allí con el fin de tomar los baños, cruzan el porche a la derecha, charlando y riendo hombres y mujeres. Son dirigidos informalmente por el inspector de baños. Este es el tipo inconfundible del funcionario convencional. Saluda al señor y a la señora Rubek, y les pregunta si han dormido bien. Rubek le pregunta a su vez si hay algún huésped que tome los baños de noche, ya que la noche anterior ha visto una figura blanca cruzando el parque. Maja desecha semejante posibilidad, pero el inspector dice que una extraña dama ha alquilado el pabellón de la izquierda, en el que se aloja con una Hermana de la Caridad que la acompaña. Mientras hablan, la extraña señora y su acompañante cruzan despacio el parque y entran en el pabellón. El incidente parece afectar a Rubek, y despierta la curiosidad de Maja.

MAJA. *(Algo molesta y suspicaz).* ¿No habrá sido esta señora una de tus modelos, Rubek? Haz memoria.

RUBEK. *(Dirigiéndole una mirada cortante).* ¿Modelo?

MAJA. *(Con sonrisa provocativa)*. En tu juventud, quiero decir. Se dice que tuviste innumerables modelos… Hace mucho tiempo, claro está.

RUBEK. *(En el mismo tono)*. No, no, pequeña frau Maja. En realidad, solo tuve una modelo. Una y solo una para todas mis creaciones.

Mientras la tensión se disipa en este intercambio de frases, el inspector parece asustarse ante la presencia de alguien que se acerca. Intenta refugiarse en el hotel, pero la chillona voz de la persona que se acerca se lo impide.

ULFHEIM. *(Aún fuera de escena)*. Espere, hombre, espere un instante. ¡Maldita sea! ¿Es que no puede esperarme? ¿Se puede saber por qué se escabulle siempre de mí?

Con estas palabras, dichas en voz estridente, el segundo actor entra en escena. Se le describe como un gran cazador de osos, hombre alto, delgado, musculoso y de edad indeterminada. Va acompañado por su criado, Lars, y de dos perros de caza. Lars no pronuncia palabra en todo el drama. De una patada, Ulfheim despide a Lars y se acerca al señor y a la señora Rubek. Inicia una conversación con ellos, pues sabe que Rubek es un célebre escultor. El rudo cazador hace unas originales observaciones sobre escultura.

ULFHEIM. Los dos trabajamos con materiales duros, señora. Sí, los dos, su marido y yo. Él lucha con bloques de mármol, y yo lucho contra los tensos y temblorosos cuerpos de los osos. Y los dos triunfamos, sometemos y dominamos a nuestro material. No cejamos hasta conseguirlo, por dura que sea la lucha.

RUBEK. *(Meditabundo)*. Es una gran verdad lo que usted dice.

Este excéntrico personaje, debido quizá a su excentricidad, ha empezado a envolver con su hechizo a Maja. Cada una de sus palabras ciñe más el velo de su personalidad alrededor de Maja. El negro hábito de la Hermana de la Caridad provoca en él una sarcástica sonrisa. Con calma, habla de todos sus íntimos amigos, a los que ha enviado al otro mundo.

MAJA. ¿Y qué hace usted con sus mejores amigos?
ULFHEIM. Les pego un tiro, naturalmente.
RUBEK. *(Mirándolo).* ¿Les pega un tiro?
MAJA. *(Echando hacia atrás la silla).* ¿Los mata?
ULFHEIM. Nunca fallo, señora.

Sin embargo, resulta que al hablar de «íntimos amigos» se refiere a sus perros, por lo que sus interlocutores se tranquilizan un tanto. Durante esta conversación, la Hermana de la Caridad ha dispuesto un refrigerio para su señora en una de las mesas situadas ante el pabellón. La frugalidad de la comida provoca la risa de Ulfheim. Con altanero desprecio, comenta la dieta femenina. Es un realista en lo concerniente al apetito.

ULFHEIM. *(Levantándose).* Ha hablado usted como una mujer valiente, señora. ¡Vamos, venga conmigo! Verá como [los perros] se tragan enteros huesos enormes. Se los tragan, los devuelven y se los vuelven a tragar. Es un verdadero placer contemplarlos.

Maja acepta esta invitación expresada de un modo en parte cómico y en parte brutal, y sale en compañía de Ulfheim, dejando a su marido con la extraña dama, que entra en escena proveniente del pabellón. Casi simultáneamente, el profesor y la señora se reconocen. La dama fue la modelo de la figura

central de la famosa obra de Rubek *El día de la Resurrección*.
Tras haber cumplido su compromiso, la dama desapareció de
un modo imprevisible, sin dejar señas. Rubek y la señora comienzan a conversar familiarmente. Ella pregunta quién es la
señora que acaba de irse. Rubek contesta, tras un instante de
vacilación, que se trata de su esposa. Después él pregunta a la
señora si está casada. Ella contesta que sí. Rubek le pregunta
dónde se encuentra su marido en la actualidad.

RUBEK. ¿Y dónde está ahora tu marido?

IRENE. En no sé qué cementerio, con un hermoso monumento
sobre él, y una bala en el interior del cráneo.

RUBEK. ¿Se suicidó?

IRENE. Sí, tuvo la bondad de descargar eso de mis manos.

RUBEK. ¿Y no lamentas esta pérdida, Irene?

IRENE. *(Sin comprender)*. ¿Lamentar? ¿Qué pérdida?

RUBEK. La pérdida de herr Von Satow, desde luego.

IRENE. No se llamaba Satow.

RUBEK. ¿No?

IRENE. Mi segundo marido se llama Satow. Es ruso.

RUBEK. ¿Y dónde está?

IRENE. Lejos, en los Urales. Entre sus minas de oro.

RUBEK. ¿Vive allí?

IRENE. *(Encogiéndose de hombros)*. ¿Vive? ¿Vive? En realidad, yo
lo maté.

RUBEK. *(Sobresaltado)*. ¿Que lo mataste?

IRENE. Lo maté con una hermosa y afilada daga que siempre
tengo en mi cama…

Rubek comienza a comprender que esas extrañas palabras
entrañan un significado oculto. Empieza a pensar seriamente
en sí mismo, en su arte, y en ella, pasando revista a lo hecho

durante su vida, a partir de la creación de su obra maestra, *El día de la Resurrección*. Comprende que no ha cumplido cuanto en esta obra prometía, y se da cuenta de que en su vida falta algo. Pregunta a Irene qué ha sido de su vida, desde el día en que se vieron por última vez. La contestación de Irene a esta pregunta tiene gran importancia, ya que da la nota que dominará el resto del drama:

IRENE. *(Levantándose lentamente de la silla y diciendo temblorosa)*. He estado muerta durante muchos años. Vinieron y me amortajaron, me ataron las manos a la espalda. Entonces bajaron mi cuerpo a una tumba, con barrotes en el respiradero. Y con paredes acolchadas, para que nadie pudiera oír los gritos de la tumba.

En la alusión que Irene hace a su posición como modelo de la gran obra, Ibsen vuelve a demostrar su extraordinario conocimiento de la naturaleza femenina. Nadie habría sabido expresar tan sutilmente la naturaleza de las relaciones entre el escultor y su modelo, en caso de que hubiera siquiera soñado en ella.

IRENE. Me expuse totalmente, sin reservas, a tu mirada… *(más suavemente)* y ni una sola vez me tocaste.
RUBEK. *(Mirándola gravemente)*. Yo era un artista, Irene.
IRENE. *(Con tono sombrío)*. Precisamente por eso. Precisamente por eso.

Al pensar con mayor profundidad en sí mismo y en su anterior actitud para con aquella mujer, Rubek advierte con mayor claridad los grandes abismos que median entre su arte y su vida, y asimismo advierte que, incluso en su arte, su habilidad y talento distan mucho de ser perfectos. Desde que Irene se fue de su lado, Rubek no ha hecho más que retratos, bustos de las gentes de la ciudad. Por fin, toma una decisión: la de enmendar sus errores, ya que cree que todavía es posible. En las palabras que siguen hay ciertas reminiscencias de la glorificación de la voluntad en *Brand*.

RUBEK. *(Luchando consigo mismo, dubitativo)*. Si pudiéramos… Si al menos pudiéramos…
IRENE. ¿Y por qué no podemos hacer lo que queremos?

Por fin, los dos se muestran de acuerdo en calificar de insoportable su actual situación. Irene comprende con claridad que Rubek está gravemente obligado para con ella, y con el reconocimiento por parte de los dos de este hecho, y la entrada de Maja, revitalizada por el encanto de Ulfheim, termina el primer acto.

RUBEK. ¿Cuándo comenzaste a buscarme, Irene?
IRENE. *(Con un matiz de irónica amargura)*. Desde el momento en que comprendí que te había entregado algo indispensable. Algo que jamás se debe abandonar.
RUBEK. *(Inclinando la cabeza)*. Sí, es una amarga verdad. Me diste tres o cuatro años de tu juventud.
IRENE. Más, te di más que esto… En aquellos tiempos lo derrochaba todo.
RUBEK. Sí, eras muy generosa, Irene. Me diste por entero tu belleza desnuda…
IRENE. Para que la miraras…
RUBEK. Y la glorificara…
IRENE. Pero has olvidado el regalo más precioso.
RUBEK. ¿El más precioso? ¿De qué se trata?

IRENE. Te di mi alma joven viva. Y yo me quedé vacía, sin alma. *(Mira fijamente a Rubek).* Y esta fue la causa de mi muerte, Arnold.

Incluso a juzgar por el mutilado relato anterior, se advierte con absoluta evidencia que el primer acto es magistral. Sin perceptible esfuerzo, se plantea el drama, y con metódica y natural facilidad se desarrolla. El cuidado jardín del hotel decimonónico se convierte lentamente en el escenario de una lucha de creciente intensidad dramática. Se ha suscitado el interés hacia todos los personajes, un interés suficiente para que se piense en el acto siguiente. La situación no ha sido explicada tontamente, sino que la acción la ha planteado, y, en el momento de terminar el acto, el drama ha alcanzado ya cierto estadio en su desarrollo.

El segundo acto transcurre en un sanatorio de montaña. Una cascada salta de lo alto de una roca y forma un riachuelo, a la derecha. En la orilla juegan, gritando y riendo, unos chiquillos. Es el atardecer. Rubek está tumbado sobre un montón de paja, a la izquierda. Entra Maja, con equipo de escaladora. Apoyándose en el bastón, cruza el riachuelo, llama a Rubek y se acerca a él. Rubek le pregunta si se divierten, ella y su compañero, y se interesa por sus hazañas de caza. Un matiz de exquisito humor anima el diálogo. Rubek le pregunta si tienen intención de cazar osos por los alrededores. Maja le contesta con formidable superioridad.

MAJA. No creerás que en las montañas peladas hay osos, ¿verdad?

El siguiente tema de la conversación es el rudo Ulfheim. Maja lo admira por feo. Después se vuelve bruscamente hacia su marido, y, pensativa, le dice que también él es feo. El acusado alega el atenuante de la edad.

RUBEK. *(Encogiéndose de hombros).* Todos envejecemos. Todos envejecemos, frau Maja.

Esta observación hecha casi en broma les conduce a temas más graves. Maja se tumba en la suave hierba, y se burla amablemente del profesor. Siente un cómico desinterés hacia las conquistas y misterios del arte.

MAJA. *(Tras soltar una risita un tanto burlona).* Sí, siempre, siempre, serás un artista.

E insiste:

MAJA. [...] Tienes tendencia a reservar tu personalidad para ti, y a pensar tus propios pensamientos. Yo, desde luego, soy incapaz de decir nada sensato en lo tocante a tus asuntos. Nada sé de arte y cosas por el estilo. *(Con un gesto de impaciencia).* Y, si quieres que te diga la verdad, tampoco me interesa.

Le habla de la extraña dama y, burlándose de él, insinúa que se entiende con ella. Rubek contesta que él era un artista y ella fue su fuente de inspiración. Confiesa que los cinco años de vida matrimonial han sido años de hambre intelectual para él. Al fin ha comprendido con claridad lo que significa el arte.

RUBEK. *(Sonriendo).* Pero no me refiero a eso precisamente.
MAJA. ¿Pues a qué?

RUBEK. *(Otra vez serio).* Pues a que toda esa palabrería sobre la vocación del artista, su misión y demás ha comenzado a parecerme vacía, hueca, sin significado, en el fondo.

MAJA. ¿Y con qué la vas a sustituir?

RUBEK. Con la vida, Maja.

Abordan la importantísima cuestión de su mutua felicidad, y, tras una rápida discusión, llegan al tácito acuerdo de separarse. Cuando alcanzan tan feliz entendimiento, Irene se acerca por el prado. Los niños que juegan junto al riachuelo la rodean, y se queda un instante con ellos. Maja se pone en pie de un salto, se acerca a Irene, y, con enigmáticas palabras, le dice que Rubek la necesita a fin de que le ayude a «abrir un precioso cofre». Irene inclina la cabeza y se acerca a Rubek. Maja, alegremente, va en busca de su cazador. La conversación que sigue es realmente notable, incluso desde un punto de vista escénico. Prácticamente, constituye la esencia de este segundo acto, y es de un interés absorbente. Al mismo tiempo, debemos decir que es una escena agotadora para los actores. Únicamente la total comprensión de los dos papeles puede permitir la expresión de las complejas ideas contenidas en el diálogo. Cuando pensamos en los escasísimos artistas dotados de la inteligencia suficiente para comprender la escena, y de la capacidad para interpretarla, no podemos dejar de sentir cierto desaliento.

En esta conversación de dos seres humanos en la pradera, la esencia de sus vidas se expresa íntegramente, en trazos firmes y audaces. Desde el primer intercambio preliminar, cada frase revela un capítulo de experiencias. Irene alude a la negra sombra de la Hermana de la Caridad que la sigue por todas partes, tal como la sombra de la inquieta conciencia de Arnold sigue a este. Tan pronto Arnold confiesa, casi involuntariamente, este último extremo, desaparece una de las grandes barreras que median entre ellos. En cierta medida, renace la mutua confianza y vuelven a la antigua comprensión. Irene expresa abiertamente sus sentimientos, su odio hacia el escultor.

IRENE. *(De nuevo con vehemencia)*. Sí, por ti, por el artista que con tanta ligereza y brutalidad se apoderó de un cuerpo cálido, de una joven vida humana, y le arrancó el alma, porque la necesitabas para tu obra de arte.

El pecado de Rubek fue ciertamente grave. No solo tomó posesión del alma de Irene, sino que le impidió entrar en el reino que por derecho le correspondía, en el hijo del alma. Para Irene, el hijo de su alma es la estatua. Para ella, aquella escultura es, en sentido real y verdadero, hija suya. Día a día, a medida que la veía formarse bajo las manos del hábil escultor, su sensación interior de maternidad hacia la estatua, de derecho sobre ella, de amor por ella se hizo más y más fuerte, más y más rotundo.

IRENE. *(En tono cálido y sentido)*. Pero aquella estatua de arcilla viva y húmeda, aquella estatua que yo amaba, a medida que iba formándose, criatura humana surgida de la masa sin forma, aquella estatua era nuestra creación, nuestro hijo. Tuyo y mío.

En realidad, estos intensos sentimientos son la causa de que Irene haya huido de Rubek durante cinco años. Pero, ahora, al oír lo que Rubek ha hecho con el hijo —con su hijo—, su poderosa naturaleza se alza resentida contra Rubek, quien, en estado de angustia intelectual, intenta dar explicaciones, mientras Irene le escucha como una tigresa a quien le han arrebatado el cachorro.

RUBEK. Entonces yo era joven, no tenía experiencia de la vida. Pensé que la Resurrección quedaría representada en toda su belleza y exquisitez en la figura de una mujer joven, sin mácula, sin experiencia de la vida, despertando a la luz y a la gloria, sin tener que apartar de sí nada feo ni impuro.

Al adquirir mayor experiencia, Rubek se ha visto obligado a alterar un tanto su ideal, por lo que ha transformado al hijo de Irene en una figura intermedia, en vez de conservarlo en su función de figura principal. Rubek se vuelve hacia Irene y ve que esta se dispone a apuñalarlo. Aterrorizado y con la mente confusa intenta defenderse, excusándose alocadamente de los errores cometidos. A Irene le parece que Rubek pretende dar a su pecado un matiz poético, que se arrepiente, pero en un placentero exceso de dolor. La idea de haberse entregado, de haber entregado toda su vida, al conjuro de aquel falso arte atormenta el corazón de Irene con terrible insistencia. Se acusa a sí misma, no a grandes voces, pero con profundo dolor.

IRENE. *(Con aparente dominio de sí misma).* Debería haber traído hijos al mundo, muchos hijos, hijos de verdad, no hijos como esos que están escondidos en las tumbas. Esa era mi vocación. Jamás habría debido servirte, poeta.

Rubek, en estado de poética absorción, no contesta y piensa en los tiempos felices. La muerte de su dicha le produce placer. Sin embargo, Irene piensa en cierta frase que Rubek dijo sin querer. Este confesó que debía estar agradecido a Irene por haberle ayudado en su trabajo. Rubek dijo: «Ha sido un *episodio* verdaderamente feliz de mi vida». La torturada mente de Rubek no puede soportar más reproches, porque ya son demasiados los que se han acumulado en ella. Comienza a arrojar flores al riachuelo, tal como solía hacer con Irene, en el lago Taunitz. Recuerda a Irene el día en que construyeron una barquichuela de hojas y la uncieron a un cisne, en imitación de la nave de Lohengrin. Incluso en eso, en esa distracción, hay un significado oculto.

IRENE. Dijiste que yo era el cisne que arrastraba tu barca.

RUBEK. ¿Eso dije? Sí, es verdad, creo que sí. *(Se queda absorto, arrojando hojas al agua).* Mira, mira las gaviotas cómo nadan riachuelo abajo.

IRENE. *(Riendo).* Y todas tus naves han vuelto a la orilla.

RUBEK. *(Sin dejar de arrojar hojas al agua).* Tengo más naves en reserva.

Mientras Rubek e Irene juegan distraídamente, en infantil desesperanza, Ulfheim y Maja aparecen en la llanura. Van en busca de aventuras en las altiplanicies. Maja canta a su marido una canción que su alegre humor le ha sugerido. Con una sardónica sonrisa, Ulfheim desea buenas noches a Rubek, y desaparece con su compañera, camino de la montaña. De repente, Rubek e Irene tienen una misma idea, un mismo pensamiento. Pero en este instante, a la luz del crepúsculo, aparece la lúgubre figura de la Hermana de la Caridad y su pesada mirada se fija en ellos. Irene se aparta de Rubek, pero le promete reunirse con él, en el prado, por la noche.

RUBEK. ¿Irás, Irene?

IRENE. Sí, iré. Espérame aquí.

RUBEK. *(Como ensoñado, repite).* Noche de verano en las tierras altas. Contigo. Contigo. *(Mira a Irene a los ojos).* Oh, Irene, así podría haber sido nuestra vida. Y los dos renunciamos a ella.

IRENE. Solo vemos lo irreparable cuando… *(Calla bruscamente).*
RUBEK. *(Con mirada interrogante).* ¿Cuando…?
IRENE. Cuando los muertos despertamos.

El tercer acto transcurre en una amplia altiplanicie. En la tierra hay anchas grietas. A la derecha, se ven los picos de una cadena montañosa, en parte ocultos por móviles jirones de niebla. A la izquierda, hay una vieja cabaña medio derruida. Corren los primeros minutos del alba, cuando el cielo tiene color de perla. Comienza a salir el sol. Maja y Ulfheim llegan a la altiplanicie. Las primeras palabras bastan para saber cuál es su estado de ánimo.

MAJA. *(Intentando liberarse).* ¡Déjeme! ¡Le digo que me deje!
ULFHEIM. ¡Vamos, vamos! ¿Es que va a morderme? ¡Parece una loba!

Como sea que Ulfheim no ceja, Maja lo amenaza con arrojarse al cercano precipicio. Ulfheim le advierte que si lo hace se partirá la cabeza. Ha tenido la precaución de ordenar a Lars que fuera en busca de los perros, a fin de poder actuar sin interrupciones. Tiene plena confianza en que Lars no encontrará los perros demasiado pronto.

MAJA. *(Mirando, irritada, a Ulfheim).* No, ya me lo figuro.
ULFHEIM. *(Cogiéndola por el brazo).* Lars conoce mis… mis costumbres deportivas, ¿comprende?

Maja, haciendo un esfuerzo por dominarse, dice francamente a Ulfheim lo que piensa de él. Sus poco halagadoras observaciones complacen en gran manera al cazador. Maja se da cuenta de que tendrá que utilizar todo su tacto para mantenerlo a distancia. Cuando le propone regresar al hotel, Ulfheim le ofrece galantemente llevarla a hombros, oferta que Maja rechaza con presteza. Los dos juegan al gato y al ratón. De esta esgrima verbal surge súbitamente una frase de Ulfheim que llama la atención, ya que revela en parte su vida anterior.

ULFHEIM. *(Con mal reprimida exasperación).* En cierta ocasión, cogí a una muchacha, sí, la recogí del barro de la calle y la llevé en mis brazos. Junto al corazón. Y así habría querido llevarla toda la vida, para que no tropezara con la menor piedra… *(Con una leve risa que es casi un gruñido).* ¿Y sabe usted lo que me dio en pago?

MAJA. No. ¿Qué?

ULFHEIM. *(Mirándola, y luego sonriendo y moviendo la cabeza).* ¡Los cuernos! Me puso esos cuernos que usted puede ver con tanta claridad. ¿No le parece una historia cómica, señora asesina de osos?

En pago por sus confidencias, Maja le da una versión resumida de su vida, en especial de su vida con el profesor Rubek. Como consecuencia, estas dos almas dubitativas se sienten mutuamente atraídas, y Ulfheim hace la siguiente proposición, en palabras muy propias de su manera de ser:

ULFHEIM. ¿No sería acaso aconsejable que uniéramos los tristes harapos de nuestras vidas?

Maja, contenta de que en las palabras de Ulfheim no haya habido promesas de mostrarle los esplendores de la tierra, o de llenar de arte su hogar, accede en parte a los deseos del cazador, al autorizarle a que la lleve en brazos durante el descenso. Cuando se disponen a partir, se acercan Rubek e Irene, que también han pasado la noche en las montañas. Cuando Ulfheim pregunta a Rubek si la señora y él han ascendido a lo largo del mismo sendero, Rubek responde con las significativas palabras:

RUBEK. Desde luego. *(Dirige una mirada a Maja).* A partir de ahora, la extraña dama y yo no estamos dispuestos a que nuestros caminos se separen.

Mientras el diálogo se convierte en una esgrima de ingenio, los elementos parecen darse cuenta de que un grave problema exige su resolución inmediata y de que un gran drama se acerca velozmente a su desenlace. Las pequeñas figuras de Maja y Ulfheim se hacen todavía más pequeñas cuando se inicia la tormenta. Su destino está ya decidido, y es relativamente tranquilo, por lo que dejan de tener gran interés para el espectador. Pero la otra pareja retiene nuestra atención, mientras permanece silenciosa en el *fjaell,* como apasionantes figuras de ilimitado interés humano. De repente, Ulfheim levanta la mano en solemne ademán hacia las alturas.

ULFHEIM. Pero ¿es que no ven que tenemos la tormenta sobre nuestras cabezas? ¿No oyen el rugido del viento?
RUBEK. *(Escuchando).* Suena como el preludio del día de la Resurrección.
MAJA. *(Alejando a Ulfheim).* Deprisa, descendamos.

Como sea que solo puede ayudar a una persona en cada viaje, Ulfheim promete que mandará gente en auxilio de Rubek e Irene, y, con Maja en brazos, inicia el descenso, rápidamente aunque con cautela. El hombre y la mujer quedan solos en la desolada altiplanicie, a la luz cada vez más fuerte. Ya no son el artista y su modelo. La sombra de un gran cambio comienza a cernirse sobre ellos en el silencio de la mañana. Entonces, Irene dice a Arnold que no quiere volver al lado de los hombres y las mujeres que ha dejado atrás; no quiere ser rescatada. También le dice, ya que ahora puede decirlo todo, que ha sentido la tentación de matarlo, en un momento de ofuscación, cuando él ha calificado de episodio sus relaciones con ella.

RUBEK. *(Ceñudo).* ¿Y por qué no lo hiciste?

IRENE. Porque, de repente, horrorizada, me di cuenta de que ya estabas muerto, de que habías muerto hacía ya mucho tiempo.

Pero, dice Rubek, nuestro amor no está muerto, es activo, ferviente y fuerte.

IRENE. El amor que pertenece a la vida terrenal, a la hermosa y milagrosa vida de la tierra, a la inescrutable vida de la tierra, ese amor está muerto en los dos.

Además, también hay que tener en cuenta las dificultades de su vida anterior. Incluso aquí, en la parte más sublime de su drama, Ibsen no pierde el dominio de sí mismo y de los hechos. Su genio artístico se enfrenta con todo, no rehúye nada. Al final de *Solness, el constructor,* produce el más profundo efecto mediante la horripilante exclamación: «¡Tiene la cabeza aplastada!». Un artista de menor talla habría rodeado de un halo de espiritual encanto la tragedia de Bygmester Solness. De parecida manera, Irene se queja de haber quedado expuesta, desnuda, a la mirada vulgar, se queja de que la sociedad la ha expulsado de su seno, de que ya es demasiado tarde. Pero Rubek ha dejado de prestar atención a estas consideraciones. Prescinde de ellas y toma una decisión.

RUBEK. *(Abrazando violentamente a Irene).* Entonces, dejemos que dos muertos —tú y yo— vivan la vida con suma intensidad, antes de que regresen a sus tumbas.

IRENE. *(Gritando).* ¡Arnold!

RUBEK. Pero no aquí, en la penumbra. No aquí, envueltos en este húmedo sudario que nos azota.

IRENE. *(Llevada por la pasión).* No, no… ¡En lo más alto, a la luz esplendente de la gloria! ¡En la Cumbre de la Promesa!

RUBEK. Allí celebraremos nuestra fiesta nupcial, Irene. ¡Amada!

IRENE. *(Orgullosa).* Y el sol podrá contemplarnos libremente, Arnold.

RUBEK. Todos los poderes de la luz podrán contemplarnos libremente, y también todos los poderes de las tinieblas *(coge la mano de Irene)* y ahora sígueme, esposa otorgada por la gracia.

IRENE. *(Como transfigurada).* Te seguiré libre y alegremente, mi dueño y señor.

RUBEK. *(Guiándola).* Primero deberemos cruzar las nieblas, Irene, y después…

IRENE. Sí, todas las nieblas y después ascenderemos a lo más alto de la torre que reluce en el alba.

> *(Las nubes cubren la escena. Rubek e Irene, cogidos de la mano, ascienden por la nevada ladera de la derecha, y no tardan en desaparecer entre las nubes más bajas. El viento de la tormenta ruge y silba en el aire.*
>
> *La Hermana de la Caridad aparece en el declive pedregoso de la izquierda. Se detiene y, en silencio, busca con la mirada.*
>
> *Abajo, en las profundidades, suena la voz de Maja, que canta triunfalmente).*

MAJA. ¡Soy libre, soy libre, soy libre! ¡Jamás volveré a vivir en-
carcelada! ¡Soy libre como un pájaro! ¡Soy libre!

> *(De repente suena un sonido parecido al del trueno*
> *en lo alto de la ladera nevada. La nieve se despren-*
> *de y cae en alud, muy aprisa. No sin dificultad, se*
> *perciben los cuerpos de Irene y Rubek arrastrados*
> *por la nieve, que los sepulta).*

LA HERMANA DE LA CARIDAD. *(Lanzando un aullido y extendien-*
do *los brazos hacia Rubek e Irene, y luego gritando). ¡Irene!*
(Guarda silencio por un instante, traza con la mano una cruz
en el aire y dice). Pax Vobiscum!

> *(El sonido de la triunfal canción de Maja se aleja*
> *más y más en lo hondo de la llanura).*

Esta es la trama, relatada de una manera burda e incohe-
rente, de este nuevo drama. Las obras de Ibsen no están supe-
ditadas al interés de la acción, o de las incidencias de la misma.
Ni siquiera los personajes, pese a estar impecablemente dibuja-
dos, constituyen un elemento primordial de sus obras. El drama
en toda su desnudez —ya la percepción de una gran verdad,
el planteamiento de un gran interrogante, ya un gran conflicto que existe casi independientemente de los personajes en
conflicto, y que ha sido y es de gran trascendencia— es lo que
atrae ante todo nuestra atención. Como base de sus últimas
obras, Ibsen ha escogido vidas normales, en toda su verdad. Ha
abandonado el verso, y nunca ha intentado embellecer sus obras
con las convencionales galas de moda. Incluso cuando el tema
dramático llega a sus más altas cumbres, no ha intentado po-
nerlo más de relieve mediante trucos escénicos. Cuán fácil

habría sido escribir *Un enemigo del pueblo,* situando la obra en un nivel falsamente más elevado…

¡Cuán fácil le habría sido sustituir al *bourgeois* por el héroe tradicional! Entonces, los críticos habrían calificado de grandioso lo que a menudo han considerado trivial. Pero las circunstancias ambientales poco importan para Ibsen. El drama es lo que le interesa. En méritos de la fuerza de su genio y de la habilidad con que desarrolla todos sus intentos, Ibsen ha absorbido, durante muchos años, la atención del mundo civilizado. Sin embargo, muchos años más tendrán que pasar antes de que Ibsen entre en su reino generalmente aclamado, pese a que, contando lo realizado hasta el presente, ha hecho ya todo lo preciso para tener la seguridad de que, por sus méritos, entrará en dicho reino. No me propongo aquí examinar todos los detalles de la obra objeto de este comentario, sino tan solo dar las líneas generales que la caracterizan.

Ibsen jamás repite sus personajes. En este drama —el último de una larga lista—, los ha trazado y diferenciado con su habitual maestría. ¡Qué formidable nueva creación es Ulfheim! La mano que lo trazó no ha perdido su penetración. A mi juicio, Ulfheim es el personaje más original del drama. Es como una caja de sorpresas. Como una consecuencia de su originalidad, parece que, con solo mencionar su nombre, salte a la vida y tome forma corporal. Es soberbiamente selvático, primitivamente impresionante. Sus ojos fieros se mueven y brillan como los de Yégof o Heme. En cuanto a Lars, podemos muy bien prescindir de él, ya que no abre la boca. La Hermana de la Caridad solo habla en una ocasión, pero de gran efecto. Silenciosamente, sigue a Irene, como una pena o castigo. Es una sombra sin voz, dotada de una majestad simbólica.

Irene es digna de ocupar un lugar en la galería de las restantes heroínas ibsenianas. El conocimiento que Ibsen tiene de la humanidad se advierte siempre con carácter preferente en sus personajes femeninos. Nos pasma su dolorosa penetración; da la impresión de conocerlas mejor de lo que estas heroínas se conocen a sí mismas. Y, si esto puede decirse de un hombre eminentemente viril, parece que la naturaleza de Ibsen contenga unos curiosos factores de feminidad. Su maravillosa precisión, los leves trazos femeninos, la delicadeza de matices quizá puedan atribuirse a estos factores. Pero no cabe la menor duda de que conoce a fondo a la mujer. Parece que haya llegado a sus casi insondables profundidades. Comparados con los retratos femeninos pintados por Ibsen, los estudios psicológicos de Hardy y Turguénev, o las exhaustivas creaciones de Meredith parecen fruto de injustificadas pretensiones de conocimiento. Con un hábil trazo, con una frase, una palabra, Ibsen logra lo que exige capítulos enteros a los otros autores, y lo logra mucho mejor. En consecuencia, el personaje de Irene se enfrenta con muy difíciles competidores. Pero, a pesar de todo, sale airoso de las comparaciones. Y, si bien es cierto que las mujeres de Ibsen son todas por igual verdaderas, tampoco cabe negar que las presenta desde muy diferentes ángulos. Así vemos que Gina Ekdal es, ante todo, una figura cómica, y que Hedda Gabler es una figura trágica, en caso de que términos tan antiguos conserven aún su validez. Pero a Irene no se la puede clasificar tan fácilmente. Su alejamiento de toda pasión, característica inseparable de este personaje, impide su clasificación. Irene nos interesa de una manera extraña, magnética, debido a la fuerza interior de su carácter. Por perfectas que sean las anteriores creaciones de Ibsen, es muy dudoso que cualquiera de sus figuras femeninas alcance la profundidad anímica de Irene. La fuerza de su capacidad intelectual retiene nuestra mirada. Además, se trata de una creación intensamente espiritual, en el más verdadero y amplio sentido de la palabra. En ocasiones,

Irene escapa a nuestra comprensión, se eleva por encima de nosotros, tal como se eleva por encima de Rubek. A algunos se les antojará lamentable que Irene —mujer de hermosa espiritualidad— sea presentada como antigua modelo de un artista, y otros objetarán que este episodio constituye una disonancia en la armonía del drama. A mi juicio, estas afirmaciones carecen de importancia, ya que dicha circunstancia me parece irrelevante. Pero, sea lo que fuere lo que pensemos al respecto, ninguna objeción se puede formular al modo en que Ibsen trata este hecho. Lo trata como lo trata todo: con amplia comprensión, sobriedad artística y simpatía. Lo ve clara e íntegramente, como si lo contemplara desde gran altura, con una visión perfecta y un angélico desapasionamiento, con la visión de quien es capaz de mirar el sol con los ojos abiertos de par en par. Ibsen no es un astuto mercader.

Maja cumple una determinada función técnica en el drama, aparte de su carácter individual. En la constante tensión, Maja representa un descanso. Su espontaneidad es como un soplo de aire fresco. La impresión de vida libre, casi optimista, que constituye el rasgo característico de su carácter compensa la austeridad de Irene y la seriedad de Rubek. En este drama, Maja produce prácticamente el mismo efecto que Hilda Wangel en *Solness, el constructor.* Pero no despierta en nosotros tantas simpatías como Nora Helmer. No es esta la función que el dramaturgo le asigna.

Rubek es la figura central de este drama, y se da la curiosa circunstancia de que es también la más convencional. Ciertamente, cuando se le compara con su napoleónico antecesor, John Gabriel Borkman, es una simple sombra. Sin embargo, debemos tener presente que Borkman está vivo, activa, enérgica, inquietamente vivo a lo largo de todo el drama, hasta el fin, cuando muere; en tanto que Arnold Rubek está muerto, casi irremediablemente muerto, hasta el final, en que adquiere vida. Pero, a pesar de lo dicho, Rubek es supremamente interesante, no en méritos de su personalidad, sino por su significación dramática. Tal como he dicho, el teatro de Ibsen está totalmente independizado de sus personajes. Pueden ser aburridos, pero el drama que viven es siempre fuerte, poderoso. ¡Y con ello no digo que Rubek sea aburrido! Por sí mismo es infinitamente más interesante que Torvald Helmer o Tesman, de los cuales posee ciertas características muy marcadas. Por otra parte, no se pretende que Arnold Rubek sea un genio, como quizá lo sea Eljert Lövborg. Si hubiera sido un genio como Eljert, habría comprendido el verdadero valor de su vida. Pero el hecho de que ame su arte y de que haya adquirido cierto dominio del mismo —dominio de mano unido a limitación de pensamiento— nos revela que quizá se oculte en él cierta capacidad dormida de llevar una vida de mayor grandeza, capacidad que podrá ejercer cuando él, hombre muerto, resucite de entre los mucrtos.

El único personaje al que no me he referido es al inspector de los baños, y me apresuro a rendirle tardía pero limitada justicia. No es más que el típico inspector de baños. Pero es, precisamente, eso.

Y así terminamos el capítulo referente a los personajes, siempre profundos e interesantes. Pero, además de los personajes, hay en el drama aspectos muy notables en las abundantes y amplias ramificaciones de la línea central de pensamiento. La más destacada es aquella que, a primera vista, parece solo una accidental característica escénica. Me refiero al ambiente en que se desarrolla el drama. En las últimas obras de Ibsen no podemos dejar de observar cierta tendencia a rehuir las estancias cerradas. Desde *Hedda Gabler* esta tendencia es más marcada. El último acto de *Solness, el constructor* y el último acto de *John*

Gabriel Borkman tienen lugar al aire libre. Pero en el drama que comentamos los tres actos discurren *al fresco*. Prestar atención a detalles como estos quizá sea considerado fanatismo ultra-boswelliano. Pero es lo que se debe hacer cuando se trata de la obra de un gran artista. Y la citada característica, muy destacada por cierto, no me parece carente de significado.

También debemos advertir que en los últimos dramas sociales no ha faltado una hermosa compasión hacia los hombres, nota que jamás aparecía en el implacable rigor de los primeros años ochenta. Así vemos que en el cambio de parecer de Rubek respecto a la figura de muchacha en su obra maestra, *El día de la Resurrección*, se contiene una amplia filosofía, una profunda comprensión de las ideas opuestas y de las contradicciones de la vida, y de las posibilidades de conciliarlas en un esperanzador despertar, despertar en el que los múltiples sufrimientos de la triste humanidad tendrán un glorioso fin. En cuanto al drama en sí mismo, no creemos que un intento de crítica sea de mucha utilidad. Son muchas las razones que podrían demostrarlo. Henrik Ibsen es uno de estos grandes hombres ante los que la crítica desempeña un triste papel. En su caso, la única crítica verdadera es la atención y la apreciación. Además, esta clase de crítica que se llama a sí misma «crítica dramática» sería un innecesario apéndice a sus obras. Cuando el arte de un dramaturgo es perfecto, la crítica sobra. La vida no está ahí para ser criticada, sino para ser afrontada y vivida. Además, si hay dramas que exigen un escenario, son precisamente los dramas de Ibsen. Y ello se debe no solamente a que sus obras tienen mucho en común con las obras de otros autores que no fueron escritas para ser guardadas en las estanterías de una biblioteca, sino también a que rebosan pensamiento. Ante una expresión ocasional de las obras de Ibsen, la mente queda atormentada por un interrogante, y, en un instante, se le ofrecen vastas visiones vitales, pero estas visiones serán momentáneas si no nos paramos a ponderarlas. Precisamente para evitar una meditación excesiva, es necesario que las obras de Ibsen sean vistas en representación teatral. Por fin, diremos que sería insensato esperar que un problema que ha preocupado a Ibsen durante casi tres años se resuelva suavemente ante nuestra vista, en la primera o segunda lectura. Por esto, es mucho mejor que el drama se defienda por sí mismo. Pero una cosa es cierta: que en esta obra Ibsen nos ha ofrecido lo mejor de sí mismo. La acción no queda obstaculizada por las múltiples complejidades de *Las columnas de la sociedad,* ni limitada por la simplicidad de *Espectros.* Nos ofrece fantasía, rayana en la extravagancia, en el selvático Ulfheim, y sutil humor en el tenue desprecio con que Rubek y Maja se tratan recíprocamente. Pero Ibsen se ha esforzado en dar al drama total libertad de acción. Por eso no ha hecho hincapié en los personajes secundarios. En muchas de sus obras, estos personajes constituyen incomparables creaciones. Recordemos a Jacob Engstrand, a Tönnesen, al demoniaco Molvik… Pero, en la obra que comentamos, no permite que los personajes secundarios distraigan nuestra atención.

En conjunto, *Cuando los muertos despertamos* está a la altura de las mejores creaciones del autor, cuando no a mayor altura. Se presenta como la última de la serie que tuvo su inicio en *Casa de muñecas,* y es un gran epílogo a las diez obras que la precedieron. En la larga historia del drama, antiguo o moderno, pocos ejemplos se encuentran superiores a las obras de Ibsen, igualmente excelentes por la habilidad de su estructura dramática, sus personajes y su supremo interés.

JAMES A. JOYCE

Carta de James Joyce a Henrik Ibsen

A Henrik Ibsen
8 Royal Terrace, Fairfield, Dublín,
marzo de 1901

Estimado señor:

Le escribo para felicitarlo por su septuagésimo tercer cumpleaños y para sumar mi voz a las de quienes le envían buenos deseos desde todos los países. Tal vez recuerde que, poco después de la publicación de su última obra de teatro, *Cuando despertamos los muertos*, apareció una reseña de la obra en una revista inglesa, *The Fortnightly Review*, con mi firma. Sé que la vio porque al poco tiempo el señor William Archer me escribió y me dijo que, en una carta suya que había recibido unos días antes, usted había escrito: «He leído o más bien deletreado una reseña en *The Fortnightly Review* del señor James Joyce, que es muy benévola y por la que me gustaría mucho agradecer al autor si solo conociera lo suficiente su idioma». (Como ve, mi conocimiento de su idioma no es muy grande, pero confío en que sabrá interpretar lo que quiero decir). No sabe cuánto me conmovió su mensaje. Soy joven, muy joven, y tal vez le haga gracia que le hable de las malas pasadas que nos juegan los nervios. Pero seguro que si usted se retrotrae hasta el tiempo en que era un estudiante universitario como lo soy yo, y si piensa en lo importante que habría sido para usted ganarse unas palabras de alguien a quien tuviera en tan alta estima como yo lo tengo a usted, entenderá mis sentimientos. Solo lamento una cosa, a saber, que un artículo inmaduro y apresurado haya llegado a sus ojos, en lugar de algo mejor y más digno de su elogio. Puede que no hubiera en él ninguna estupidez voluntaria, pero sinceramente es todo lo que puedo decir. Tal vez le moleste que su obra se encuentre a merced de jovencitos, pero estoy seguro de que preferirá la impulsividad a las paradojas sosas y «cultas».

¿Qué más puedo decirle? He alabado su nombre de manera desafiante en una facultad donde era desconocido o conocido apenas y oscuramente. He clamado por que se le diera su legítimo lugar en la historia del drama. He mostrado aquello que, a mi entender, era su mayor excelencia: su elevada capacidad impersonal. Sus cualidades menores —su sátira, su técnica y su armonía orquestal— también las he destacado. No me tome por un adulador. No lo soy. Y, cuando me tocó hablar de usted en sociedades de debate y lugares parecidos, no llamé la atención mediante diatribas fútiles.

Pero siempre nos reservamos las cosas más preciadas. No les dije lo que me vincula más estrechamente a usted. No mencioné que aquello que apenas podía atisbar de su vida me llenaba de orgullo, que sus batallas me inspiraban —no las obvias batallas materiales, sino las emprendidas y ganadas detrás de su frente—, que su firme resolución de arrebatarle el secreto a la vida me daba valor, y que en su absoluta indiferencia por los públicos cánones del arte, los amigos y los dogmas usted marchaba bajo la luz del heroísmo interior. Y sobre él ahora le escribo lo siguiente. Su trabajo en la Tierra se aproxima al final y usted está cerca del silencio. Para usted cae la noche. Muchos escriben sobre esas cosas, pero no saben. Usted solamente ha abierto el camino, aunque lo ha seguido todo lo posible, hasta el final de *John Gabriel Borkman* y de su verdad espiritual, porque su última obra ocupa un lugar, creo yo, aparte. Pero estoy seguro de que una iluminación más elevada y sagrada se encuentra... más adelante.

Como alguien de la joven generación en nombre de la que usted ha hablado, lo saludo, no humildemente porque me encuentre en la sombra y usted bajo los focos; no con tristeza porque usted sea anciano y yo joven; no con atrevimiento, ni con sentimentalismo, sino con alegría, con esperanza y con amor, lo saludo.

Sinceramente,
JAMES A. JOYCE

Índice de contenidos

Introducción 9
Nota sobre esta edición 21
Exiliados 23
   Acto I 25
   Acto II 73
   Acto III 109
Apéndices 137
   Notas del autor a *Exiliados* 139
   Drama y vida 161
   El nuevo drama de Ibsen 173
   Carta de James Joyce a Henrik Ibsen 201